KB073828

고르고 권하는 일을 합니다

고르고 권하는 일을 합니다

음악 큐레이터들의
작업 방식과 철학을 탐구하다

안승배 지음 | 김재훈 · 조선주 감수

우키팝 × 심은보 × 최승인 × 김봉현 × 김은마로

유지성 × 리플레이 × 이지영 × 김민주 × 히세댓 × 윤승화

좋은땅

음악 추천의 세계가 궁금했던 당신에게

 어린 시절 누구나 하염없이 시간을 보내던 공간이 있을 것입니다. 저에게는 그것이 레코드 가게였는데 매일 갔던 만큼 나중에는 어떤 섹션에 무슨 음반이 있는지 달달 외울 정도였습니다. 사장님의 배려로 계산대에 앉아 음악을 틀었던 하루가 기억납니다. 당시 빠져 있던 바비 칼드웰(Bobby Caldwell)의 〈Open Your Eyes〉를 틀어 놓고 있었는데, 한 손님이 다가와 이 앨범은 어디서 살 수 있는지 물어보았습니다. 검색했지만 재고가 없어 임기응변을 발휘해 비슷한 계열의 블루 아이드 소울(Blue-eyed soul) 아티스트를 추천하던 순간이 지금도 생생합니다.

 돌이켜 보면 저는 의도치 않게 콘텐츠 큐레이션을 했습니다. 고객의 취향에 맞는 선곡을 했고, 2차 반응을 끌어냈죠. 손님이 다른 추천 아티스트에도 꽂혔으니 유사 추천에도 성공한 셈입니다. 미국의 언론인 스티븐 로젠바움은 추천의 시대가 '개인의 지식과 애정이 가치를 창출하는 미래'를 만들 것으로 전망했습니다. 당시 어려서 그런 흐름은 몰랐지만, 저의 취향이 담긴 선곡에 누군가 반응함으로써 새로운 선택이 이루어지는 순간은 매우 짜릿했습니다.

이쯤에서 제 소개를 하면, 저는 콘텐츠 에디터이자 큐레이터입니다. 음악부터 영상까지 다양한 형식으로 소개하고 추천합니다. 이런 직종이 존재하는지는 음악 회사에 입사했던 저조차 몰랐습니다. 이를 알게 된 건 제가 즐겨 듣던 스포티파이의 힙합 플레이리스트 'Rap Caviar' 인터뷰 덕분이었습니다. '세계에서 가장 영향력 있는 재생 목록이 온전히 한 사람에 의해 만들어진다고? 이것은 라디오DJ의 다음 단계'라는 끌림에 채용 공고를 본 순간 뛰어들었습니다.

큐레이터로 살면서 실감한 것이 있습니다. 하나는 우리 삶 속에 일상화된 추천입니다. 모바일 플랫폼부터 늘 가는 카페나 자주 보는 잡지까지. 우리는 누군가의 추천으로 구성된 콘텐츠를 소비합니다. 또 하나는 그 뒤에 있는 큐레이터의 영향력입니다. '창조는 무에서 시작한다.'는 개념을 깨고 편집을 통한 재창조의 시대를 연 고(故) 버질 아블로(Virgil Abloh)의 정의처럼, 이들의 역할은 단순히 고르는 것에 국한되지 않습니다. 기존의 콘텐츠에 새로운 맥락을 부여하고 다각도로 소비될 수 있는 지점을 만듭니다.

이 책은 지금도 각자의 위치에서 큐레이션의 영향력을 확장하는 사람들의 이야기입니다. 일하면서 궁금증을 해결하고자 수소문할 때만 해도, 플레이리스트 유튜버, 방송작가, DJ 등 이 문화를 만들어 가는 사람들이 참여한 책을 쓰게 될 줄은 몰랐습니다. 가감 없이 담백하게, 이들의 작업 방식과 그간의 활동, 앞으로 하고 싶은 일을 담았습니다. PC, 모바일에서 소비하던 콘텐츠의 뒤편에 존재해 온 치열한 고민과 계획이 하나의 매력적인 행간으로 인지될 수 있다면, 그보다 큰 기쁨은 없을 것입니다.

그럼 재미있게 읽어 주시길.

차례

프롤로그   **5**
음악 추천의 세계가 궁금했던 당신에게

유튜버 우키팝   **10**
이미 우리는 큐레이션이 곧 창작인 시대를 살고 있어요

프리랜서 에디터 심은보   **24**
일반 대중과 힙스터로 나누고 이 일을 하는 건
안일한 접근이에요

방송작가 겸 에디터 최승인   **38**
누군가에게는 '혼이 담긴 추천'으로 임팩트를
남겼다고 생각해요

힙합 저널리스트 김봉현   **54**
많은 맥락을 고려해야 질적으로 우수한 추천이
될 수 있어요

(전)포크라노스 유통 총괄 김은마로   **70**
저희가 고른 음악이 아티스트와 팬에게
새로운 맥락으로 다가가길 원해요

DJ 겸 에디터 유지성   86
큐레이터라면 좋아하는 것에 대해 확실한 기준을
가지고 소개하면 좋겠어요

유튜버 리플레이(LEEPLAY)   104
선곡은 하나의 앨범과 같아야 한다고 생각해요

큐레이션 사업자 이지영   120
좋은 큐레이션을 인지하기는 쉽지 않지만
나쁜 큐레이션은 바로 알아챌 수 있어요

영상 시나리오 작가 김민주   134
정말 좋은 음악은 우리를 귀 기울이게 하는 힘이 있어요

공간음악 컨설턴트 히세댓(he_said_that)   152
좋은 큐레이션을 위해서라면 불편한 얘기까지
해야 한다고 생각해요

큐레이션 사업자 윤승화   170
제 큐레이션의 핵심은 시각과 청각의 조화에 있어요

에필로그   186

"이미 우리는 큐레이션이
곧 창작인 시대를 살고 있어요."

우키팝

우키팝은 늘 고민이 많다. 자신이 사랑에 빠진 음악을 어떻게 대중들에게 전달할지 항상 생각하고 시도한다. 이 노력이 빛을 발해 회사원 시절에는 '보는 플레이리스트' 에센셜(essential;) 채널을, 퇴사 후에는 팝에 대한 흥미로운 이야기를 나누는 우키팝(wookipop) 채널을 만들고 성장시켰다. 콘텐츠는 쉽고 재미있어야 한다는 철학을 바탕으로 다음 단계를 구상하는 그의 큐레이션은 오늘도 진행 중이다.

즐겨 보던 채널의 주인공을 드디어 만나게 되어 반갑습니다. 간단한 자기소개 부탁드려요.

안녕하세요. 유튜브에서 팝 채널을 운영하는 우키팝입니다.

음악 스트리밍 서비스에서 근무하다 유튜버로 독립한 것으로 알고 있어요. 음악 회사에 입사하게 된 계기, 그리고 퇴사를 결심하게 된 이유가 궁금해요.

어린 시절부터 음악을 참 좋아했어요. 중학생 때 용돈을 모아 아이리버(iRiver)를 샀던 기억이 나네요. 대학교를 졸업할 때 그동안 모았던 적금을 깨고 미국에 열흘 동안 여행을 가서 공연만 봤어요. 그 경험이 계기가 되어 YG 공연 영상 제작팀에서 인턴을 했고 이후에는 벅스 콘텐츠기획팀에 공채로 입사하여 플레이리스트 업무를 도맡았습니다.

정해진 일 외에도 항상 유튜브에 관심이 있었어요. 소비자가 음악을 듣는 방식에 근본적인 변화를 주고 있다고 느꼈거든요. 당시 팀 내 유일한 영상제작자로서 진행했던 프로젝트는 이제는 많은 분이 알고 계실 에센셜(essential;) 채널입니다. 채널을 어느 정도 성장시킨 후에는 나만의 콘텐츠와 채널을 구축하고 싶다는 생각이 강해져 오랜 고민 끝에 퇴사를 결심했죠.

에센셜(essential;) 채널은 좋은 선곡과 세련된 이미지로 널리 알려졌어요. 가령 요즘의 홈 인테리어, 연말 파티 사진을 보면 대부분 에센셜을 화면에 띄워 놓고 있죠. 기획자로서 어떤 느낌을 받았나요?

오히려 기회라고 생각했어요. 제가 최초로 이런 현상을 목격했던 플랫폼이 '오늘의 집'이었어요. 단순히 PC/모바일에서 플레이리스트를 감상하는 단계를 넘어 하나의 브랜드로 소비되고 있어서 기분이 좋았죠. 그때부터는 이 플레이리스트가 특정 공간이나 플랫폼에 어떻게 활용될지 구상하면서 전체적인 톤을 잡고 이미지를 골랐어요.

퇴사 후 고른 첫 아이템이 팝 아티스트 소개라는 점이 흥미롭네요.

사실 팝 콘텐츠 제작은 항상 해 오던 일이었어요. 대학생 때는 사촌 형과 아프리카TV에서 팝을 주제로 방송하기도 했고 개인 블로그에도 꾸준히 앨범 감상을 올렸거든요. 조금 더 발전된 형태로 유튜브에서 하는 것뿐이에요. 팝을 좋아하는 사람들의 일상에 자연스럽게 녹아들 수 있게 제가 고른 흥미로운 이야기를 영상으로 전달하는 것이죠.

다루는 팝 아티스트 대부분이 방대한 역사와 일화를 보유하고

있는데 우키팝의 콘텐츠는 이를 쉽고 재미있게 풀어 주는 것이 강점인 것 같아요.

늘 부모님을 생각하면서 콘텐츠를 만듭니다. 젊은 세대부터 기성세대까지 제가 소개하는 아티스트를 이해하고 애정을 가질 수 있기를 바라며 작업해요.

음악 비평이 아닌 만큼 생소한 용어를 나열한다면 바로 외면받을 거예요. 유튜브 콘텐츠라면 쉽고 재미있어야 한다고 생각합니다. 그 점을 항상 염두에 두고 있고 영상을 만들고 나면 부모님께 자주 피드백을 받으려고 해요.

클릭하게 하는 제목과 섬네일(Thumbnail)이 인상적입니다. 이를 만드는 자신만의 비법이 궁금한데요.

만들 때마다 고민하는 부분이에요. 초기에는 '달빛 부부' 채널의 섬네일을 많이 참고했는데 작업하면서 점차 저의 스타일이 생기고 있어요. 뻔한 말이지만, 최대한 진정성이 담길수록 의도했던 구독자 반응이 나온다고 생각해요.

가령 DJ 칼리드(Khaled) 편의 섬네일을 놓고 누군가는 단순히 자극적인 키워드를 썼다고 생각할 수 있어요. 하지만 그의 경력을 들여다보면 'X나게 버텨라.'라는 말이 그의 인생을 압축해서 보여 줄 수 있는 가장 진실한 키워드예요. 오히려 후킹 포인트(Hooking Point)

를 노리고 제목과 섬네일을 계획했다면 그와 같은 반응이 나오지 않았을 겁니다.

수많은 팝 아티스트 중 특정 아티스트를 고르고 구독자에게 추천한다는 점에서 일종의 아티스트 큐레이션에 가까워 보여요.
동의해요. 기존의 자료를 철저하게 조사하고, 새롭게 배합해서 대중이 이 아티스트에 대해 새로운 인상을 받을 수 있게 하려 합니다. 예전에는 아티스트의 신보 발표 시점에 맞춰 콘텐츠를 제작했는데 시의성이 꼭 조회수를 담보하진 않더라고요. 그래서 지금은 마음 가는 대로 선정하고 있어요.

직접 미국에 다녀오면서 취재한 인터뷰가 인상적이에요. 섭외 과정 중 인상 깊었던 에피소드가 있다면?
아무래도 맥스(MAX)와 비비 렉사(Bebe Rexha)의 인터뷰가 가장 먼저 떠오르네요. 살면서 처음 진행한 팝 아티스트 인터뷰였거든요. 이 건이 에이전시로부터 의뢰받은 프로젝트라면, 제가 직접 섭외하고 진행했던 첫 인터뷰는 워터팍스(Waterparks)입니다. 미국에 있는 지인을 통해 워터팍스의 매니저에게 연락했고, 페스티벌도 볼 겸 LA로 가서 인터뷰했기 때문에 좋았던 기억으로 남아 있어요.

채널을 운영하면서 인상 깊었던 유튜브 댓글이 있을까요?

특정 댓글을 꼽기는 어렵고, 영상을 올릴 때마다 찾아오셔서 댓글을 달아 주는 모든 구독자분께 감사해요. 제가 한 분 한 분 기억하고 있다는 것을 꼭 말씀드리고 싶어요.

다양한 곳에서 영감을 받고 자신만의 콘텐츠로 새롭게 창조하고자 하는 노력이 채널 전반에 느껴져요. 평소 구독하는 플랫폼과 콘텐츠가 궁금해집니다.

저는 외국 잡지를 많이 봐요. 트렌드의 최전선에 있는 콘텐츠라고 생각하고 주로 웹뷰(WebView)로 보면서 연구해요. 어떤 폰트를 쓰는지, 어떻게 사진을 배치하는지 등등 영감을 얻고 참고할 부분이 많죠. 가독성과 세련미, 둘 다 잡고자 노력합니다.

내용적인 면에서는 잡지《롤링 스톤(Rolling Stone)》을 많이 참고해요. 아티스트의 인간적 매력과 음악적 면모를 균형 있게 다루면서 독자가 입체적으로 그 사람을 이해하게 하는 내공이 느껴져요. 같은 콘텐츠라도 더욱 흡입력 있게 다가가려면 어떻게 접근해야 할지 많이 배우고 있습니다.

자극적인 유튜브 세상에서 '음악'이라는 한 가지 주제에 집중하면서 채널을 운영하기란 쉽지 않죠. 팝 전문 유튜버로 활동하

면서 느꼈던 어려움이 있다면 무엇일까요?

타인의 인생을 콘텐츠로 제작하는 만큼 영상 내용이 정직하고 건강해야 한다고 생각해요. 그래서 제가 원하는 퀄리티에 맞추기 위해 매우 많은 시간을 쏟고 있어요.

저만의 원칙이 있는데 위키피디아와 나무위키는 일절 보지 않고 원문을 직접 찾아가면서 대본을 완성하려고 해요. 매우 꼼꼼하게 작업하다 보니 영상 하나를 만드는 데 약 2~3주가 소요되기도 해요. 더 많은 영상으로 자주 찾아뵙고 싶은데 그러지 못해 아쉬움이 많습니다.

채널이 성장하면서 우키팝의 활동 영역도 넓어졌어요. 광고 협찬을 받아 콘텐츠를 제작하기도 했고 MBC 라디오에서 주기적으로 팝을 소개하기도 했죠. 앞서 말했던 작업 방식에 외부 일정이 추가되면서 새로운 고민이 생겼을 것 같아요. 마치 첫 앨범의 성공 이후 늘어난 일정에 어려움을 느끼는 아티스트처럼 말이죠.

정확히 같은 상황을 겪었어요. 채널 구독자가 20만 명이 넘어가고 저의 배경을 담은 인터뷰가 온라인으로 알려지면서 예상을 뛰어넘는 수준으로 많은 연락이 왔거든요. 물론 그 과정에서 다양한 사람들을 만나면서 새로운 프로젝트를 맡아 경험을 쌓을 수 있었던 건 좋았어요. 하지만 제 채널에 집중할 물리적 시간이 줄어든 것이죠. 바쁜 일정을 소화하고 나니 제 채널의 성장세와 새로 올린 콘텐츠의 사용자 반응이 예전 같지 않음을 느꼈어요. 많은 일감 덕에 전체 수익은 늘었지만, 저의 정체성과도 같은 메인 채널이 부진하니 행복하지 않더라고요. 그래서 외부 일거리를 거의 다 정리했어요. 좋은 기회를 제안 주신 분들께는 죄송한 마음이지만 여기서 그만두겠다고 말씀드렸죠.

외부 일거리를 과감히 정리한 배경에는 편집 권한의 문제도 있었을 것 같아요.

어느 날부터 즐거웠던 일이 즐겁지 않게 되는 순간이 찾아오더라고요. 제가 퇴사하면서까지 진심으로 만들고 키우고 싶었던 콘텐츠였는데 광고를 받게 되니 어느새 요구에 맞춰 제가 할 이야기를 온전히 담지 못하는 상황이 눈에 띄게 늘어났어요.
결국 어떤 일을 하더라도 우키팝의 본질은 아티스트에 관한 이야기를 저만의 방식으로 재미있게 다루는 유튜브 콘텐츠에 있어요. 그 부분이 탄탄하지 않다면 저의 존재 가치는 사라지는 거예요.

위기에 대해 고민하는 모습이 인상적입니다. 틱톡의 영향으로 유튜브도 점차 쇼츠(Shorts)를 위시한 짧은 동영상의 소비가 늘

어나고 기존의 시청 지속 시간이 하락하는 추세인데 이런 외부 요인도 많은 영향을 주었을 것 같아요.

확실히 숏폼(Short-Form) 콘텐츠의 영향이 엄청나요. 최근 업로드한 콘텐츠의 지표를 살펴보면 시청자들의 집중력이 많이 하락한 것이 느껴지거든요. 예전처럼 긴 영상에 집중할 이유가 줄어든 거예요. 재미있는 것이 더욱 많아졌고 영상 길이도 짧아져 소비하기도 편하니까요.

대세를 따라 짧은 영상 위주의 제작 방식으로 전환할까 고민도 했지만, 저다운 해결법은 아니라는 결론에 이르렀어요. 저는 탄탄한 자료 조사를 바탕으로 쉽고 재미있게 설명해 주는 콘텐츠에 강점이 있는 사람이기 때문에 최소 10분에서 15분 길이의 형식은 필요해요. 제가 잘하는 방식으로 전문성을 강화할 계획이 있어요.

그 전문성이란 정확히 어떤 것인가요?

시청자와의 약속을 정밀한 수준으로 지킬 수 있는 역량을 의미해요. 백만 명 이상의 구독자를 보유한 채널의 특징이 있어요. 일정 수준의 품질을 유지하면서 많은 콘텐츠를 생산할 능력이 있고, 약속한 업로드 주기를 벗어나지 않아요.

지금까지의 제작 방식에 자부심이 있지만, 1인 체제로는 시청자가 원하는 퀄리티와 양을 동시에 만족하게 하기 어렵다는 점도 잘 알고 있어요. 그래서 장기적으로는 영상 스튜디오의 규모로 성장하는 계획을 그리고 있어요. 저와 뜻을 공유할 수 있는 동료들과 함께 더 많은 콘텐츠를 만들어 내는 것이죠.

우키팝의 포지션은 창작과 큐레이션을 자유롭게 넘나드는 것 같아요. 이미 세상에 존재하는 정보를 자신만의 기준으로 편집하고 추천하지만, 그 가운데 창작자의 철학과 태도를 견지하고 있죠.

전혀 세상에 없던 것을 기반으로 창작하는 시대는 이미 지났다고 생각해요. 세계에서 가장 유명한 팝 아이콘인 드레이크(Drake)와 저스틴 비버(Justin Bieber)의 공통점이 있어요. 새로운 조류를 빠르게 가져와 자신의 방식으로 활용하는 데 두려움이 없어요. 따라 한다는 비난에도 전혀 개의치 않고요.

이전 시대의 창작자는 고립된 환경 속에서 아무것도 접하지 않고 홀로 작업했어요. 반대로 이들은 새로운 것을 끊임없이 접하고, 마음에 들면 바로 샘플링하거나 그 분야의 전문가와 함께 작업해요. 드레이크가 자신의 앨범은 '플레이리스트'라고 말했지만, 세상은 그의 또 다른 창작물로 인식하는 것처럼 이미 우리는 큐레이션이 곧 창작인 시대를 살고 있어요. 드레이크와 비버는 아티스트인 동시에 뛰어난 큐레이터인 거예요.

제가 만드는 팝 콘텐츠도 같은 맥락이에요. 이 영상을 구성하는 정보는 이미 세상에 다 존재하고 있어요. 하지만 제가 선택하는 소스와 편집 리듬을 통해 우키팝만의 스토리텔링으로 재탄생하고 새로운 팝 콘텐츠가 되어 세상에 나오는 것이죠.

동시대 글로벌 아이콘들의 철학과 움직임을 적극 받아들이는 모습이에요. 앞서 언급한 창작과 큐레이션 등 많은 기존의 개념들이 모호해지는 시대 속에서 기준점이 되는 멘토가 있을까요?

많은 위인에게서 영감을 얻지만 결국 스티브 잡스로 돌아오는 것 같아요. '모든 점은 결국 연결되어 하나의 길을 이루게 될 것'이라는 말이 모든 것이 급변하는 이 시대에서 유일하게 변하지 않는 패러다임이라고 생각해요.

제가 영화감독을 꿈꾸고 시나리오를 쓰면서 준비했던 과거가 지금 하는 일에 많은 도움이 되고 있어요. 당시에는 주위 사람들이 그런 거 왜 하냐는 식으로 핀잔을 주었던 것들이 언제 미래에 유용하게 쓰일지 몰라요. 제가 과거의 개념에 갇혀 이 취미는 디자인에, 또는 마케팅에 도움이 되지 않으니 헛되이 시간을 쓰지 말자고 생각했다면 지금의 제가 존재할까요? 앞으로는 이런 흐름이 가속화될 것이라고 봐요.

흔히 내가 좋아하는 일이 직업이 되면 후회할 일들이 생긴다고 하죠. 이 일을 하면서 음악에 대한 마음이 변하고 있나요?

채널을 운영하면서 느끼는 고충과 고민과는 별개로 음악에 대한 마음은 여전히 같습니다. 아티스트의 삶과 음악을 직접 깊게 조사하다 보니 음악을 더 사랑하고 소중히 여기게 되더라고요. 구독자분들께 더 가치 있고 재미있는 팝 콘텐츠를 보여 드리기 위해 노력하는 것, 그것이 제 삶의 소명이라고 생각합니다.

유튜버이자 큐레이터로서 앞으로 계획이나 목표가 있다면?

제가 하는 분야는 이미 답이 나와 있어요. 선구자들이 세상에 공개한 업적과 관련 자료를 가지고 누가 더 재미있게 시청자를 끌어들이는지 승부를 가리는 판이죠.

검증된 자료를 기반으로 편집해서 시청자들이 이해하기 쉬운 콘텐츠를 제공하는 능력은 이제 기본이에요. 다음 단계의 큐레이션 콘텐츠가 되려면 재미, 즉 엔터테인먼트의 영역에서 인정받아야 한다고 생각합니다. 사람이 재미있다는 평가를 받으면 호감도가 상승해요. 유튜버 침착맨의 경우 가끔 어려운 주제를 이야기해도 사람 자체의 호감과 매력이 바탕이 되어 구독자들은 청취하거든요. 제가 지향해야 할 목표도 거기에 있어요.

콘텐츠적으로 접근하면 제 강점을 극대화하는 방향으로 지금의 20

분 콘텐츠보다 더욱 긴 장편의 오리지널 콘텐츠를 기획하고 있어요. 정보의 양과 질을 높이면서도 우키팝만이 줄 수 있는 재미를 유지하는 것이 목표입니다.

프리랜서 에디터

"일반 대중과 힙스터로 나누고
이 일을 하는 건 안일한 접근이에요."

심은보

심은보의 일상과 목표는 뚜렷하다. 늘 새롭고 흥미로운 것을 찾는다. 자신이 발견하고 소개한 좋은 재능을 세상이 알아보길 원한다. DJ, 프로모터, 프리랜서 에디터 등의 직함은 중요치 않다. 《비슬라(VISLA)》부터 《하입비스트(HYPEBEAST)》까지. 그가 서울의 트렌드를 논할 때 빼놓을 수 없는 매체를 오가며 바쁘게 활동하는 이유다. 스스로 '가장 보편적인 기준'을 가지고 있다고 말하는 그가 생각하는 큐레이션은 무엇일까?

워낙 하시는 일이 많다 보니 독자들을 위한 간단한 소개가 필요할 것 같아요.

안녕하세요. 심은보입니다. 프리랜서 에디터로서 《힙합LE》, 《비슬라》, 《하입비스트》 등 다양한 음악/문화 매체에 기고해 왔고 동시에 DJ, 프로모터 활동을 겸하고 있어요. 직업적 카테고리로 저를 소개하기에는 좀 어색하네요. 음악 씬(Music scene)에서 제가 좋아하고 잘할 수 있는 일은 다 하는 것 같아요.

흔히 '음악 에디터'라 하면 예상되는 이 일을 시작한 계기가 있어요. 음악을 무척 좋아해서 앨범 비평을 개인 블로그에 열심히 올리다 전문 웹진에서 글 쓰는 경력을 시작하는 루트 등이 좋은 예죠.

저의 계기를 그렇게 알고 계시는 경우도 많이 봤어요. 워낙 다양한 매체에서 활동했으니까요. 아이러니하게도 에디터라는 직종을 꿈꾼 적은 전혀 없었습니다. 오히려 저는 퍼렐 윌리엄스(Pharrell Williams)의 열렬한 팬인 나머지 그처럼 되고 싶었던 사람이었어요.

아티스트의 길을 준비하다 다른 길을 걷게 된 계기가 있을까요?

그만둔 이유보다는 그만둔 이후 제가 지금의 일을 시작하게 된 동기와 방향성이 중요한 것 같아요. 혼자서 음악을 했던 건 아니고, 크루

(Crew)의 형태로 음악을 했어요. 제가 그만두고 나서 돌아보니 계속하고 있던 친구들은 이태원, 홍대 언더그라운드 씬에서 조금씩 자리를 잡고 있더라고요.

친구들 모임이라는 게 흔히 그렇듯이 '아, 그래. 얘는 이걸 잘하지.' 하고 서로 인정할 수 있는 포인트가 중요하거든요. 친할수록 자연스럽게 발생하는 심리죠. 그게 없으면 관계에서 불균형이 생기니까. 쉽게 말해서 자격지심의 시작이 될 수 있기 때문에 제가 뭘 잘하는지 치열하게 고민했어요. 그때 저의 특징을 발견했죠.

발견한 특징이라면 글에 대한 감각일까요?

기술적인 측면의 발견은 아니었어요. 그보다는 어떤 성향에 가까운데 저는 제 친구들의 재능을 믿었고 혼자 알고 있기엔 너무 아깝다고 생각했거든요. 창작자는 작업에 몰두해 있는 시간이 많다 보니 자신의 것을 널리 알리는 측면에 둔감한 경우가 많아요. 그래서 이게 왜 '죽여주는 것'인지 세상에 소개해주고 싶었던 마음이 제가 시작한 동기이자 지금도 저를 이끄는 원동력이에요. 그래서인지 지금도 저 자신을 에디터라고 소개하는 것은 좀 어색해요. '소개하는 사람'이 더 적합한 표현이라고 생각합니다.

배경을 듣고 나니 '에이셉 맙'(A$AP MOB) 같은 미국 유명 힙합

크루의 구성이 연상됩니다. 무대에 오르는 메인 아티스트뿐만 아니라 DJ, A&R, 브랜드 기획 등의 다양한 역할로 친구의 재능을 지원하는 멤버들도 중요한 비중을 차지하고 있죠.

동의해요. 그동안 제의를 받고 해 온 일의 종류는 다르지만, 결국은 제가 사랑하는 친구들의 재능과 잠재력을 소개하기 위함이었어요. 에디터로서 더 인정받는 만큼 제 주변도 본인의 재능을 더 효과적으로 홍보할 수 있는 창구를 얻는 것이니까요.

그렇지만 항상 잊지 않으려고 하는 것은 객관성이에요. 제가 창작자 지인이 많고 지금도 음악 씬과 연결고리가 있어서 항상 거리를 두려고 해요. 사석에서는 친하지만, 일할 때는 서로가 곤란해질 수 있는 부탁은 최대한 받지 않고 있습니다. 최대한 객관적으로 임하지만, 이것조차 저의 주관에서 나오는 선택임을 인지하고 있어요. 그 한계를 항상 염두에 두는 것이 저의 선택과 추천을 독단적으로 만들지 않는 길이라고 생각합니다.

그간 해 왔던 다양한 프로젝트 중 가장 잘 알려진 부분은 역시 에디터 활동인 것 같아요. 이를 간단하게 소개해 주실 수 있을까요?

제가 본격적으로 매체에 음악 글을 쓰기 시작했던 것은 아무래도 웹진 《힙합LE》죠. 앨범 비평, 인터뷰, 칼럼, 팟캐스트 등 흔히 떠올릴 수 있는 음악 에디터 활동은 거기서 다 했어요. 비슷한 시기에 객원으로 종종 참여했던 《비슬라》 매거진에서는 문화 전반을 다루는 성격상 저도 다양한 주제로 기고했습니다. 월간 에세이를 연재하기도 했고 심지어 제 유튜브 채널 라이브러리를 공개하면서 제 취향에 관해 이야기하기도 했죠.

《하입비스트》에서는 '최신 뉴스'의 형태로(우리가 보편적으로 얘기하는) 멋진 것을 넓고 다양하게 소개하고 있습니다. 음악, 스포츠, 음식, 패션, 신발, 여행 등 문화생활을 하면서 흥미롭게 접할 수 있는 주제는 가리지 않고 다루고 있어요. 또한 일정 주기마다 '하입비스트 사운즈(HYPEBEAST SOUNDS)' 플레이리스트를 제작하기도 했습니다.

요즘은 많은 미디어가 자체 플레이리스트를 제작 및 배포하고 있어요. 해당 미디어를 만들어 가는 사람들의 평소 취향과 감각을 자연스럽게 보여 주는 브랜디드 콘텐츠(Branded Contents)라고 생각합니다. 수많은 플레이리스트 속에서 본인이 만든 것의 차이는 무엇일까요?

《하입비스트》 웹사이트의 소개 글처럼 어떤 장르와 스타일의 제한 없이 매주 선정한다는 점이 중요해요. 예를 들어 다가오는 여름을 위한 플레이리스트를 만든다고 쳐요. 딱 10곡을 선정할 때 장르의 비율보다는 이 곡이 누구에게나 소개해도 멋지다는 반응을 얻을 수 있을지, 최소한 구리다는 말은 안 나올지를 중요시해요. 그 기준 안에서는 힙합, 알앤비, 록, 케이팝 등 다 포함될 수 있어요.

《비슬라》 매거진이 선정한 서울에서 '가장 빠른' 사람 중에 심은보 씨가 있어요. '빠르고 넓은 추천'으로 알려진 비결이 무엇이라고 생각하나요?

평소 생활 습관이에요. 사람들을 만날 때마다 요즘 재미있는 것이 무엇인지 물어보니까요. 저는 기본적으로 제가 선택해서 소개하는 콘텐츠에 대한 자신감이 있어요. 결국, 저에게 오는 다양한 의뢰의 근간에는 제 취향과 감각에 대한 신뢰가 있다고 생각해요. 반대로 이 부분이 빠지는 순간 제 존재 가치는 사라지겠죠. 저만의 메리트가 떨어진다면 이 일을 과감히 그만두는 쪽을 택하지 구차하게 매달리지는 않을 것 같아요.

어지간한 입지가 있지 않은 이상 소속 에디터가 콘텐츠 기획/제작 과정에서 자신감을 유지하기란 쉽지 않을 것 같아요. 보통은 편집 권한을 가지고 있는 데스크의 영향이 크니까요.

시기적으로 운이 좋기도 했어요. 2010년대 초반은 많은 음악, 문화 매체들이 탄생하고 성장하던 시기였어요. 수요보다 공급이 부족해서 이 흐름에 대해 말할 수 있는 사람들이 필요했거든요. 당시의 저는 비교적 어린 나이부터 온/오프라인을 가리지 않고 제가 꽂힌 것을 활발하게 소개했기 때문에 초창기부터 연락받고 함께할 수 있었죠. 공식적인 고용 관계에 얽매이지 않고 무보수로 도와준 적도 많았기 때문에 그만큼 더 자유롭게 소신대로 소개하고 추천할 수 있었던 것 같아요.

다만 소속 없이 일을 진행한다는 것이 꼭 좋은 것만은 아닙니다. 많은 에디터가 갑갑함을 느끼는 데스크의 존재가 이슈가 터질 때는 든든하게 보호하는 가족이 되어 주거든요. 편집상의 제한 없이 제 성향을 전부 드러냈던 만큼 이에 따른 온라인상의 역풍도 제가 오롯이 감당해야 했어요.

싫어하는 것에 대한 소신을 밝히는 것은 예전이나 지금이나 많은 리스크를 각오해야 하는 일이죠. 반대의 의견을 가진 사람들이 온라인으로 크게 반발하는 것이 필연이니까요.

당시에는 솔직해야 한다는 생각이 강했기 때문에 더 그랬던 것 같아요. 음악을 텍스트로 다루다 보니 평론처럼 인식된 면이 있어요. 저는 개인적으로 이 앨범이 싫은 이유를 이야기했지만, 사람들에게는 어떤 권위에 기반을 둔 혹평, '자신이 좋아하는 것에 대한 찍어 내림'처럼 보인 것이죠. 물론 SNS를 통해 밝힌 의견이 개인의 차원을 넘어 소속 매체의 입장이 될 수 있다는 헤아림이 부족하기도 했어요. 이 시기의 경험이 계기가 되어 비평으로 해석될 수 있는 활동은 배제하기 시작했어요. 제가 좋아하는 것 위주로 소개하는 큐레이션 활동에 집중하기 시작했고, 지금은 어느 정도 에디터로서 균형 감각이 생긴 것 같아요.

그 균형 감각이란 무엇일까요?

저는 스스로 '보편적인 기준의 큐레이션'을 하고 있다고 생각해요. 여기서 '보편'은 누구에게 소개해도 괜찮은, 적어도 싫어하지 않을 정도의 반응을 의미해요. 위에서 언급한 '하입비스트 사운즈' 플레이리스트 외에도 제가 케이팝 웹진 '아이돌로지'(IDOLOGY)에 정기적으로 기고한 '이주의 아이돌' 코너가 있어요.

다른 에디터라면 매주 일정량의 신보를 소개하는 과정에서 자신이 좋게 느끼지 못했던 것까지 포함해야 한다는 부담이 있을 거예요. 하지만 저는 그만큼 더 좋은 것을 소개하면 된다는 생각으로 임해요. 매주 제가 작성하는 뉴스 콘텐츠나 추천 목록에 그 태도가 잘 나타나 있어요.

보편적 기준의 큐레이션이 누가 접해도 거부감을 느끼질 않을 최소 품질을 보장한다는 것은 이해했습니다. 그렇다면 보편을

넘어 '좋은 큐레이션'이 되려면 어떻게 접근하는 것이 좋을까요?

우선 자기의 내면을 솔직하게 바라보는 것이 필요해요. 가령 하루를 핸드폰과 함께 시작할 때, 대부분은 인스타그램 계정으로 트렌드를 보거나 유튜브, 멜론으로 음악을 듣겠죠? 자신의 취향에 자부심이 있는 상당수는 멜론 탑백(TOP100)이 획일적으로 느껴져 피할 거예요.

하지만 불편한 진실은 멜론 대신 선택하는 스포티파이의 추천이나 하입비스트가 소개하는 트렌디해 보이는 무언가도 외국 기준으로는 지극히 대중적인 콘텐츠예요. 그러니 바다 건너 한국의 에디터까지 이를 파악하고 소개하지 않겠어요? 어차피 대중을 상대로 기획하여 시장에 나온 결과물이라면 전 다 좋아할 수 있다고 봐요. 멜론의 콘텐츠와 스포티파이의 그것이 서로 대립하는 대상이 아니라는 거죠.

멜론 탑백으로 수식되는, 소위 말하는 가장 대중적인 무언가를 소비한다고 해서 일반 대중들이 취향이 없다고 생각하지 않아요. 드러내지 않았을 뿐 그것도 자신의 기호이자 선택이죠. 그렇다면 에디터의 선택을 대중의 기존 취향과 어떻게 연결할지를 고민해야 하는 것이 다음 스텝이지 않을까요? 일반 대중과 힙스터로 나누고 이 일을 하는 건 안일한 접근이에요.

새로운 콘텐츠에 자신의 시간을 내는 건 늘 어려운 선택이에요. 바쁘게 살다 보면 즐길 수 있는 시간은 한정되어 있고, 일상이 지칠수록 익숙한 것을 찾고 싶어 하죠. 이 지점에서 큐레이터가 시도할 수 있는 연결고리란 무엇일까요?

사람들이 흔히 엠넷(MNET)을 비판하지만, 저는 메이저 방송국이 어떻게 대중의 취향을 확장하는지 유심히 살펴봐요. 〈스트릿우먼파이터(이하 '스우파')〉에 출연한 댄서 허니제이(HONEY J)가 좋은 사례죠. 그분은 장르 댄스 씬에서 정말 오래 활동했던 누구에게나 인정받는 분이에요. 물론 방송 출연 이전에도 많은 케이팝 안무를 제작했지만, 그때는 마니아들만 좋아하는 존재였죠. '스우파'는 일반 대중과 허니제이 사이의 연결고리를 만들어 줬어요. '어? 저 사람이 박재범의 〈몸매〉 안무가였구나! 내가 즐겨 봤던 이 TV 프로그램의 심사 위원이었네?' 하는 식으로 각자가 감정 이입을 할 수 있는 계기를 제공하는 것이죠.

우리가 뭔가를 소개할 때 그것에 대해 아예 모르는 사람은 (생각보다) 드물어요. 어디서 본 것 같지만 그게 내 취향과 연결되지 않았을 뿐이지. 대중은 '어 이거 내 얘기야.' 느끼는 연결점이 생기지 않는 이상 쉽사리 새로운 것으로 넘어오진 않아요. 어떻게 보면 당연한 거예요. 같이 설렁탕 먹으러 갈 때 내 의지가 아니라 남이 억지로 깍두기 국물 넣어 주면 거부감을 느끼지 않겠어요?

프리랜서 에디터 심은보

다양한 미디어의 시대라고 하지만 여전히 방송국 등 레거시 미디어의 영향력을 무시할 수 없어요. 어떻게 보면 규모의 경제라서 가능해 보이는 '대중의 취향 선도'를 각 큐레이터가 할 수 있다고 생각하시나요?

저는 할 수 있다고 생각해요. 모두가 큐레이터인 시대가 이미 도래했다고 느껴요. 저처럼 기사를 작성하고 플레이리스트를 만들진 않더라도 많은 사람이 본인이 멋지다 생각한 콘텐츠를 소셜네트워크 계정에 친구를 태그하고 적극 공유하는 세상이에요. 이 개인적인 움직임이 모여 흐름이 되고, 그 흐름이 더 커지면 산업에서 주목하는 바이럴이 된다고 봐요.

저 같은 큐레이터는 한 명의 대중인 동시에 소속 매체의 입장도 대변하는 복잡한 위치죠. 온전히 한 개인으로서 행동하기는 힘든 상황이고, 제가 쓰는 기사를 보는 사람들도 일차적으로는 매체의 이름을 보고 콘텐츠를 소비하는 동선에서 저를 접한 거예요.

하지만 저는 이런 상황이 오히려 기회가 될 수 있다고 봅니다. 각 큐레이터의 개성과 매체의 색깔이 양립하여 성장할 수 있거든요. 가령 제가 맡은 일을 잘하면 할수록 대중은《하입비스트》에 대한 신뢰도를 유지한 채 에디터 심은보의 성격과 취향도 잘 인지하게 되는 것이죠.

지금의 커리어에 가장 큰 영향을 준 사람들이 있을까요?

딱 두 명 있어요. 퍼렐 윌리엄스(Pharrell Williams)와 버벌진트(Verbal Jint). 퍼렐은 음악을 넘어 제가 일을 대하는 방식과 태도를 정립해 준 아이콘이에요. 한 가지만 고집하면 안 된다는 점을 삶으로 보여 준 사람이죠. 우리가 퍼렐이라는 이름에서 음악부터 패션, 디자인까지 수많은 분야를 떠올리잖아요? 저는 단지 그를 너무나 좋아해서 그 사람이 개척하는 영역은 다 관심을 가지고 좋아했을 뿐인데 음악 웹진 이후로 문화 매체로 이직하는 행운을 누리게 되었죠.

버벌진트에게서는 집요함을 배웠던 것 같아요. 작업하다 보면 가끔은 애정 그 이상의 감정을 품고 집중해야 끝낼 수 있는 상황이 있어요. 가령 초창기에는 싫어하는 것에 대해서도 글을 많이 썼는데 이게 왜, 어떻게 싫은지를 조목조목 밝히려면 단순히 좋아하는 수준 이상으로 대상에 집중해야 하더라고요. 긍정적인 감정은 아니었지만 뭔가를 끝까지 끌고 나가는 힘과 내 소신을 어떻게 드러내야 하는지 많은 영향을 끼친 사람이죠.

큐레이터로서 앞으로 계획이 있다면 무엇일까요?

저는 계속 소개하는 삶을 살고 있을 거예요. 다만 그 대상을 점차 외국의 멋진 것에 집중하기보다는 우리가 사는 로컬 씬(Local scene)에 집중해 보고 싶은 마음이 있어요. 물론 전 세계의 멋진 것을 소개하고 나누는 것은 즐거운 일이죠. 하지만 이제는 그런 매체도, 팔로워도 너무 많아요. 이제는 트렌드를 소개하는 매체의 소비자들도 다음 단계를 원하고 있는 때가 왔다고 생각해요.

해외에서 일어나는 하이프(Hype: 트렌드, 새로운 방향)의 근간을 들여다보면 결국 그들도 자기 주변에서 시작해요. 가령 요즘 래퍼들이 많이 시도하는 UK 드릴(UK Drill) 장르가 유행해온 과정을 탐구하면 그 배경에는 이를 집중적으로 소개해 준 그 지역(런던, 뉴욕)의 라디오와 메인 DJ가 있고, 전문 유튜브 채널이 있고, 잡지와 에디터가 있어요. 내가 활동하는 지역에서 멋있다고 느낀 것들을 함께 힘을 합쳐 전 세계로 끌어올린 거예요.

취향이 되려면 '동경의 과정'이 어느 정도 필요하다고 봐요. 이게 멋있든, 예쁘든, 귀엽든 내가 소유하고 싶거나 이 영역의 한 부분이 되고 싶은 마음이 각자의 취향 선택에 굉장히 중요한 요인이라는 거죠. 저에게는 그게 퍼렐 윌리엄스가 하는 모든 것이었고요. 그래서 정교한 추천 콘텐츠를 통해 대중이 동경의 감정을 품게 하고 소비를 끌어내는 것이 일반적인 큐레이터들의 미션이라면, 그 콘텐츠의 범위를 한국의 것, 제가 보고 멋있다 느끼는 주변의 것들까지 넓히는 것이 저의 목표입니다.

"누군가에게는 '혼이 담긴 추천'으로
임팩트를 남겼다고 생각해요."

최승인

최승인은 안 해 본 일이 없다. '좋은 음악을 알리고 싶다.'는 일념으로 시작한 공
연 기획 일이 발단이 되어 음악 씬에 뛰어들었다. 현재 방송작가와 콘텐츠 에디
터를 겸하는 그는 오늘도 새로운 재능을 소개하길 멈추지 않는다. 커리어 도약
에 뿌리가 된 그만의 큐레이션은 무엇일까?

반갑습니다. 인스타그램 스토리로 항상 추천해 주시는 새로운 음악을 잘 듣고 있어요.

저도 반갑습니다. 최승인입니다. 음악 에디터 및 프리랜서 방송작가로 활동하고 있고 최근 몇 년간은 국내 힙합과 R&B에 집중하고 있습니다. 좋은 음악과 아티스트를 소개할 수 있는 콘텐츠라면 가리지 않고 해 왔던 것 같네요.

처음 음악에 빠지게 된 계기가 궁금합니다.

어릴 때 부모님께서 다 일을 하셔서 항상 집에 늦게 들어오셨어요. 하교하면 항상 혼자였는데 케이블 TV를 틀어 놓고 놀다가 당시 KMTV나 엠넷(MNET)에서 틀어 주던 뮤직비디오를 접하면서 조금씩 빠져들기 시작했어요. 이후 부모님의 음반 컬렉션을 듣고, 교내 컴퓨터실에서 인터넷으로 음악을 검색하면서 놀다가 '토이뮤직'이라는 온라인 회원제 팬카페를 알게 되었죠. 그곳에서 가요와 팝 지식을 많이 얻었어요.

지금의 커리어와는 달리 가요와 팝 매니아였다는 점이 흥미롭네요.

사실 장르에 대한 이해 이전에 음악과 뮤직비디오가 좋아서 찾아보다가 매력을 느낀 것이 많아요. 제가 처음 빠진 힙합은 조PD의 〈My

Style〉이거든요. 당시 골든 디스크 뮤직비디오 작품상을 받았고 지금 봐도 굉장히 세련된 작품이죠. 이 영상의 충격이 컸기 때문에 흔히 떠올리는 '길거리' 대신 도시적이고 세련된 이미지를 힙합과 많이 연결했던 것 같아요. 그러면서 점차 취향을 흑인 음악으로 확장했습니다.

어릴 때 흑인 음악에 깊이 빠졌던 사람들 대부분이 랩 가사를 쓰고 녹음하는 등 래퍼의 꿈을 키운다고 해요. 비슷한 길을 걸었나요?

원체 내성적이긴 하지만 시키면 다 하는 성격이에요. 기본적으로는 음악을 많이 찾아 듣는 디거(Digger)의 성향이었지만, 학교에서 누가 랩하자고 하면 같이 공연하는 등 할 건 다 했어요. 본격적으로 힙합에 빠진 시기가 중학교 입학 이후인데요. 저희 세대부터는 《힙합플레이야(HIPHOPPLAYA)》 같은 웹진에서 제공하던 자작 녹음 게시판, 소위 '자녹게'가 한창 유행이었어요. 당시 막 데뷔했던 더 콰이엇(The Quiett) 님이나 팔로알토(Paloalto) 님의 영향을 받아 직접 쓴 랩을 녹음해서 게시판에 올리는 친구들이 많았죠. 반면 저는 진지하게 창작자가 될 목표로 했던 건 아니었어요. 흑인 음악에 흥미를 가지고 당시 재미있게 느꼈던 것은 다 해 보는 쪽에 가까웠죠.

창작의 영역 외에도 당시 흥미를 느꼈던 분야가 궁금해지는데요.

고등학교 때 힙합 동아리 회장을 하면서 몇 차례 공연을 준비할 기회가 있었어요. 장소 대관, 큐시트, 음향 체크 등 무대의 구성 요소를 알게 되면서 '공연 기획'이라는 분야에 관심을 가지기 시작했죠. 무대 위 플레이어보다는 서포터 역할이 잘 어울린다는 것을 이때부터 어렴풋이 느꼈던 것 같아요. 이후 한양대학교 힙합 동아리 '쇼다운(SHOWDOWN)'으로 활동하면서 그 생각이 분명해졌고요.

한창 즐겁게 활동하던 2010년대 초반에는 뛰어난 재능의 동아리 후배들이 많았어요. 후디(Hoody), 자메즈(Ja Mezz), 닥스후드(DAKSHOOD) 등 지금은 국내 흑인 음악 씬의 중심에서 활약하고 있는 친구들이죠. 동아리 회장이 되었을 때, '이 친구들의 재능을 나만 알고 있기는 아깝다. 알려 보고 싶다.'는 마음이 컸어요. 그때부터 이 멤버들을 바탕으로 기획 공연을 하거나 지역 경연에 나가기 시작했는데 운 좋게 입상하면서 결심했죠. 창작 활동을 병행해 왔지만 이제 본격적으로 친구들의 재능을 지원하는 길로 가겠다고.

대부분의 취업이 그렇겠지만, 음악 산업 특유의 불투명성이 진입 장벽을 높인다고 생각해요. 채용 직무, 시기 등 명확하게 알려진 것이 많지 않아 결심한 이후에도 막막하셨을 것 같아요.

당시에는 모든 게 막연했어요. 제가 가고 싶은 흑인 음악 씬이나 업계와의 연결 고리가 딱히 없었거든요. 어디까지나 동아리 연합 공연 같은 작은 행사를 개최해 본 대학생이었을 뿐이죠. 지인의 공연에 참석해 새로운 사람을 만나 제 고민을 해결하려고 했는데 대부분은 이야기만 듣다 오는 자리였어요.

친구들을 어떻게 띄울 수 있을지 고민하다 당시에 택한 접근은 이들의 무대를 더 멋있게 만들어 주는 것이었어요. 동아리 활동을 계속 확장해서 이후에는 전국 단위의 '대학힙합연합(대힙연)' 회장을 했거든요. 이 시기에 알게 된 업계 선배들의 추천을 통해 홍대 프리즘 홀에서 공연장 매니저로 약 1년간 일을 할 수 있었어요.

한 명의 음악 팬으로서 공연장을 다니며 얻은 좋은 추억이 많았기 때문에 '잘 모르지만 일단 해 보자.'는 마음으로 열심히 일했습니다. 순진한 생각이었지만 내가 공연장의 전문가가 되면 친구들에게 더 멋진 무대를 제공하면서 돈도 벌 수 있지 않을까 하는 마음도 있었죠.

지금은 당시 열정을 가지고 임했던 공연 기획 분야와 전혀 다른 길을 걷고 있어요. 이동을 결심했던 계기가 있나요?

전문성의 유무가 결국 발목을 잡았어요. 공연 전문 기획사로 이직했는데 대형 페스티벌 개최는 이전까지의 공연 기획과는 완전히 다른 레벨이더라고요. 소규모 공연은 그럭저럭 관리할 수 있었지만, 회사에서는 한 부분이라도 전문성을 가진 숙련자를 원했어요. 자의 반 타의 반 그곳을 나오게 되면서 정말 막막했어요. 첫 단추를 잘못 꿰매고 실패한 것은 아닌지 온갖 생각이 물밀듯 들어왔죠.

기회라는 건 정말 예측할 수 없는 타이밍에 찾아오는 것 같아요. 제가 뭘 해야 할지 몰라서 무작정 평론가들의 강의를 수강할 때 만나서 친해진 사람들이 웹진《힙합LE》운영진들이었어요. 그중에서 한 분이 제가 SNS에 올린 글을 보고 음악에 관해 써 볼 생각이 있는지 연락을 주셨죠. 자신이 있어서 합류했던 건 아니고 (당시의 저는) 선택권이 없었어요. 화학과로 입학했지만, 학점은 바닥이었고 도전했던 첫 번째 분야도 잘 안됐으니까요. 그래도 책을 많이 읽었던 나름의 배경이 있으니 한번 해 보자는 마음으로《힙합LE》에디터 생활을 시작했습니다.

> **친구들의 재능을 알리기 위한 두 번째 직업으로 음악 에디터가 되었어요. 현장에서 발로 뛰는 업무와 달리 기사 아이템을 고민하고 원고를 작성하는 루틴은 잘 맞았나요?**

일단은 에디터의 기본 소양인 글 쓰는 능력을 갖추는 데 바빴어요. 개인적 취미로 종종 올린 SNS 포스팅을 제외하면, 전공의 영향으로 실험 노트 같은 딱딱한 형식의 글에 익숙했거든요. 다행히 평소에 책을 많이 읽는 습관이 있었기 때문에 원고의 형식을 빠르게 파악한 뒤 그에 맞춰 쓰는 연습을 많이 했어요.

음악 웹진에서 글을 쓰는 대부분이 그렇듯 저도 처음에는 앨범 리뷰로 시작해서 인터뷰, 이달의 추천, 칼럼, 플레이리스트, 팟캐스트 등 음악을 소개하는 콘텐츠는 거의 다 담당하면서 성장했어요.

당시 활동을 검색하면 《힙합LE》 외에도 많은 매체에 음악을 소개하고 추천해 왔어요. 마감의 홍수 속에서 자기 페이스를 유지할 수 있었던 작업 방식이 궁금해지는데요.

거의 모든 음악 스트리밍 플랫폼 매거진에 글을 기고했죠. 써야 할 원고가 늘어나니 제 평소 라이브러리가 탄탄하지 않다면 금세 쓸 말이 바닥날 것 같았어요. 신보 체크는 모든 에디터가 할 테니 그 이상으로 제 내공을 길러야 했던 것이죠. 크게 두 가지 방식으로 일을 처리하고 제 라이브러리를 관리했어요.

일단은 매일 쏟아지는 신보가 있어요. 음악마다 느끼는 포인트가 조금씩 달라서 들을 때마다 빠르게 메모해요. 가령 도입부가 인상적인 음악은 이 주의 신보 소개에 쓰고, 조금 더 들어 보면서 알고 싶은 음악은 기획 기사나 인터뷰용, 마지막으로 좋지만, 아직 지명도가 낮은 음악은 플레이리스트에 따로 넣는 식으로 분류하고 있어요. 그 외에는 음악사를 공부하면서 연대기별로 듣거나 각 장르를 파고들면서 새로운 아티스트를 알아가는 식으로 저만의 데이터베이스를 넓히고 있어요.

경력이 쌓일 때쯤 대학 시절 함께 활동했던 친구들이 점점 힙합/R&B 씬의 중심으로 성장했어요. 기쁜 동시에 에디터로서 이들을 어떤 입장으로 다뤄야 할지 고민이 많으셨을 것 같아요.

일을 시작한 후 한동안 외국 힙합/R&B 위주로 일했던 이유도 그것과 연결되어 있었어요. 친한 친구들이 어느 순간 유명한 뮤지션이 되면서 '내가 다루면 객관성에서 문제가 생기지 않을까?' 싶었거든요. 원래 좋아하는 친구들이었기 때문에 이들이 앨범을 냈을 때 더 좋게 느끼는 건지, 혹은 에디터로서 좋게 들은 것인지 헷갈리는 시기가 있었죠.

결국은 자기 확신이 이를 해결해 줬어요. 전혀 모르는 사이라고 가정해도 이들의 음악이 왜 이번 주의 선택인지 자신 있게 설명할 수 있는 능력이 있으면 되는 거예요. 그 단계에 이르면 오히려 친분을 이유로 이들만 배제하는 것이 더 어색한 결정이 되더라고요.

객관성과 주관성 사이에서 고민하는 에디터에게 결국 중요한 건 자기 확신이라는 말에 동감합니다. 그 확신을 있게 한 방법론이 있다면 무엇일까요?

음악을 들을 때 제 나름의 3단계를 설정하고 소개 비중을 판단해요. 1단계는 직관적인 감이에요. 들었을 때 얼마나 느낌이 오는지 최대한 자세하게 파악하려고 해요. 그 감은 앞서 얘기한 평소 쌓는 제 안의 라이브러리에서 오기 때문에 평소에 부지런히 음악을 들어야 하죠.

2단계는 자료 조사입니다. 앞서 좋다고 느낀 음악과 뮤지션에 대한 기사, 인터뷰 등을 최대한 찾아봐요. 이 사람에 대해 할 말이 많을지, 많다면 어느 정도의 비중으로 다룰지를 판단하는 단계라고 할 수 있어요.

마지막 3단계는 디테일이에요. 음악의 가사나 참여진을 보고 그 외에 다룰 부분은 없는지 확인해요. 위와 같은 단계를 꼼꼼하게 거치면 좀 더 자신 있게 추천할 수 있다고 생각해요.

뻔한 말일 수 있지만, 매사에 진심을 담아 일하시는 것 같아요. 프리랜서 에디터 최승인을 점차 찾는 곳이 많아지면서 모든 건에 에너지를 쏟아붓기 힘든 상황이 찾아왔을 텐데 그 과정에서 오는 딜레마는 어떻게 해결하셨나요?

어느 정도는 예상한 상황이었어요. 업계 원고료가 정해져 있다 보니 제 직업으로 생활이 되려면 원고의 개수를 늘려야 했거든요. 일이 많아지니 이 모든 건을 진심으로 대하고 작업하면 오히려 잘 안 되더라고요. 일단은 서운함이라는 감정이 생겨요. 막상 의뢰하는 측도, 콘텐츠를 보는 대중도 각자 가지고 있는 시간과 마음의 여유가 다르기 때문에 저와 같은 크기의 진심으로 이 작업물을 대할 이유는 없는데 말이죠. 그래서 조금씩 힘을 빼고 일하기 시작했고 제가 맡는 여러 콘텐츠 중에서 가장 제가 진심으로 임할 수 있는 형태의 작업을 찾았어요.

그 고민의 답은 무엇이었나요?

당시 제가 내린 답은 인터뷰였어요. 예전에는 제작자의 시선으로 음악을 해석하려고 노력했어요. 이 곡에 쓰인 사운드나 다른 구성 요소를 분석하는 식이죠. 그런데 어느 순간부터 음악을 들을 때 이를 만든 사람의 맥락과 감정이 느껴지고 나머지 이야기가 궁금한 거예요.

어떻게 보면 진심으로 음악과 음악 뒤에 사람에 대해 접근하고 이야기를 풀고 싶어 했던 저의 취지와 가장 잘 맞는 형태였던 것이죠. 제가 원하는 방향의 인터뷰를 풀어낼 수 있는 내공을 갖추기 위해 초반에는 녹취와 질문지 작성 위주로 연습을 많이 했어요.

'술탄 오브 더 디스코'의 리더 '나잠 수'와 인디 밴드 '히피는 집시였다'를 당시의 에디터 친구들과 인터뷰하면서 느꼈어요. 단순히 새로 나온 음악, 돌아온 누군가의 노래로 기억되는 것이 아니라 이들의 특정한 순간을 담은 결과물로서 기록되고 기억에 남는 것이 뿌듯하더라고요. 파급력을 정확히 알 수는 없지만, 누군가에게는 단순한 신보 소개와는 결이 다른, '혼이 담긴 추천'으로 임팩트가 있었다고 생각해요.

2019년부터 네이버 나우 〈랩하우스 온에어〉의 방송작가로 새 출발을 했어요. 이전과는 다른 직무를 도전하게 된 계기가 궁금해요.

처음부터 합류한 건 아니었고 네이버 나우에서 다른 프로그램의 작가 일을 하다 31회차부터 투입되었고 시즌의 마무리까지 함께했죠. 에디터 생활을 하면서 느낀 건데요. 어느 시점부터 아티스트의 새 앨범이 세상에 공개될 때 나올 수 있는 감상의 폭이 점점 좁아지고 있다 느꼈어요.

빠른 음원 소비 흐름이 원인일 수도 있겠죠. 단순하게 좋다는 댓글 또는 소문에 기반을 둔 악플로 노이즈가 일어난 뒤, 아무것도 바로 잡히지 않은 채 프로모션이 끝나고 대중의 관심은 이미 다른 것을 향하고 있어요. 단순히 소개하고 추천하는 것만으로는 제 임무를 다했다는 생각이 들지 않더라고요.

방송작가는 대중이 아티스트에 대해 궁금해하는 점을 어떻게 하면 가장 효율적이고 흥미로운 프레임으로 전달할지 PD와 함께 고민하고 돕는 직업이에요. 잘못된 정보의 확산을 100% 차단할 수는 없더라도 아티스트의 기획 의도와 시청자의 감상이 더욱 건강한 방향으로 순환할 수 있게 하고 싶어서 도전하게 되었습니다.

방송작가의 삶은 에디터 시절과 어떤 점이 달랐나요?

참여하는 프로그램마다 제가 해야 할 일이 달라요. 네이버 나우 〈랩하우스 온에어〉의 경우 호스트인 더 콰이엇 님과 염따 님이 이끄는 현장 분위기가 중요하거든요. 이런 때에는 사전 대본으로 전체 방송의 흐름을 통제하기보다는 아티스트에 대한 정보를 최대한 꼼꼼히 자세하게 조사하고, (호스트가) 질문할 법한 이야기를 대본에 녹여 내요. 호스트가 질문을 자유롭게 선택해서 쇼를 어느 방향으로도 편하게 이끌 수 있다면 성공이죠.

반면 2021년 하반기부터 함께하는 KBS 2FM의 심야 라디오 프로그램 〈STATION Z〉에서는 프로그램의 원활한 방영을 위해 제가 더 활발하게 일해야 해요. 이전에는 제가 하는 일이 기획과 제안의 영역에 머물렀다면, 지금은 아티스트 섭외도 직접 하고 스케줄링도 유연하게 조정하면서 전체 상황을 볼 줄 알아야 하죠. 내성적인 성격 탓에 쉽지 않았지만, 지금은 성장할 기회였다고 생각해요. 매우 감사한 일이죠.

일의 성격과 책임이 계속 변화하고 있어요. 상당히 역동적인 커리어인데 이 업계에 뛰어들고 싶었던 이유와 결심이 유지되고 있나요?

저는 제 초심이 변화하는 환경과 함께 진화하고 있다고 생각해요. 애초에 제가 KBS 〈STATION Z〉에 합류할 수 있었던 계기는 PD님이 혹인 음악 전문가를 찾고 있었기 때문이에요. 제가 함께 일하고 있는 메인 PD는 원체 음악에 대한 열정이 굉장한 분이고 새로운 아이디어도 많아요. 하지만 우리가 모든 분야에 통달할 수 없듯, 원래 전문이 아니었던 분야에서는 과연 이걸 해도 괜찮을지 망설이는 부분이 있으셨던 것이죠.

그럴 때 제 역할은 이 아이디어가 충분히 실현 가능한 일이라는 것을 제가 그동안 쌓아 왔던 혹인 음악 분야의 전문성과 업무 경험, 그리고 인맥으로 돕는 거예요. 어떻게 보면 제가 새로운 아이템을 고민하는 PD님과 이걸 시도해도 괜찮을지 망설이는 아티스트 사이의 가교가 되는 거죠. 추천의 방향 역시 단순히 대중을 상대로 한 일방향이 아니라, 필드 안의 관계자들을 연결하며 새로운 기획에 일조하는 형태로 발전했다고 생각합니다.

변화무쌍한 경력을 지속해 오면서 영감을 얻는 본보기의 존재가 있나요?

일하면서 만난 더 콰이엇과 진보(JINBO)로부터 가장 많은 영감을 얻습니다. 모두가 알다시피 더 콰이엇 님은 꾸준함과 성실함의 아이콘이기도 하면서 늘 다음 단계를 그릴 줄 아는 사람으로 인정받고 있죠. 개인적으로는 그가 2015년 발매한 〈1 Life 2 Live〉의 자기 확신과 긍정적인 메시지에 많은 영향을 받았고, 이를 받아들이면서부터 더욱 삶을 적극적으로 살 수 있게 되어 늘 감사한 마음입니다. 진보 님은 미친 아이디어 뱅크 그 자체예요. 지금 세상에서 벌어지고 있는 일들에 대한 이해도가 높고 이를 해석하고 녹여 내는 감각이 날카롭습니다. 아이디어들을 듣고 있으면 가끔은 말도 안 되는 것 같지만, 이를 실제로 추진하고 실행하는 점에서 많은 영감을 얻습니다.

앞으로 계획이 있다면 무엇일까요?

제가 2022년 초부터 숏폼 형식의 소셜 엔터테인먼트 플랫폼 '바운드(Baund)' 앱에 콘텐츠 에디터로 합류했는데요. 간단히 소개하면 저작권이 해결된 비트 위에 다양한 영상 콘텐츠를 제작할 수 있는 앱 서비스입니다.

합류한 이유는 미래의 스타가 될 수 있는 잠재력을 실시간으로 확인하고 싶었기 때문이에요. 틱톡(TikTok)이 바꾼 판도처럼 이제 신인들은 더욱더 예상하지 못했던 방식과 타이밍으로 흐름을 만들어 내고 바이럴이 될 것으로 생각하거든요. 물론 전체적인 파이를 넓힐 수 있는 건 모두가 알다시피 슈퍼스타의 존재예요. 하지만 저는 스타만큼이나 자생적인 움직임 안에서 가능성 있는 신인을 발견하고 끌어올릴 수 있는 인큐베이터가 필요하다고 봤어요.

초창기의 제가 해 왔던 소개가 어디까지나 앨범이 발매된 이후의 과

정에 국한됐다면, 이제는 그 이전의 시점으로 뛰어들어서 가능성 있
는 신인들의 생태계에서 함께 호흡하며 앨범 발매 이전의 하이프를
함께 만들어 내는 것이 목표입니다.

"많은 맥락을 고려해야 질적으로
우수한 추천이 될 수 있어요."

김봉현

'한국 최초의 힙합 저널리스트' 김봉현을 설명하는 대표적인 키워드지만 어딘가 아쉽다. 평론 외에도 그가 영향력을 발휘하는 분야가 무궁무진하기 때문이다. 플레이리스트 디렉팅부터 아티스트 LP 리이슈까지 그는 다양한 방식으로 자신만의 관점이 담긴 추천을 하고 있다. 또한, 평소 취향을 집대성한 작업실 '동교동계 스튜디오'를 통해 그간의 세계관을 하나의 브랜드로 구축 중이다. 모든 작업에 앞서 균형 감각을 중시하는 그의 큐레이션은 어떤 형태일까.

이제는 평론가보다 힙합 저널리스트로 대중에게 더욱 친숙한 것 같아요. 직함의 변화를 주게 된 계기가 있을까요?

20년의 커리어 동안 일어난 자연스러운 변화였던 것 같아요. 처음에는 단순히 음악에 대해 글을 쓰고 싶었고 평론가, 비평가 등의 직함으로 오랫동안 활동했습니다. 주로 앨범 리뷰를 쓰거나 칼럼을 기고하며 저만의 견해를 개진해 왔죠. 그중엔 점수를 매기는 과정이 있었고, 그에 따라 작품의 좋은 점과 아쉬운 점을 찾아서 쓰는 게 당시엔 사명과도 같았어요.

돌아보면 나이가 들면서 겪는 변화와 일맥상통하는 부분이 있다고 봅니다. 어릴 때는 우리가 매사에 이분법적으로 접근하지만, 경험이 쌓이면서 제3의 관점으로 바라보게 되잖아요? 창작자들과 만나 일하게 되면서 비평에 대해 다시 생각하게 된 계기가 있었습니다. 예전에 (발매되기 전) 샤이니(SHINEE)의 새 앨범을 미리 감상할 기회가 있었어요. 당시 SM엔터테인먼트 관계자에게 제가 예측했던 앨범 작업 과정에서 아티스트가 받았을 영향을 물어봤는데 돌아오는 답은 제 예상과 전혀 달랐어요. 그때부터 제가 해 왔던 비평이 단정적이었던 것은 아닌지 고민하기 시작했죠.

전반적으로 평론에 대해 다시 생각해 볼 순간을 맞이하셨군요. 어느 시점부터는 폭넓은 활동이 '평론가'라는 수식어로는 설명

하기 어려워진 것 같다고 느꼈어요.

날이 갈수록 훌륭한 점과 아쉬운 점을 동시에 찾아서 비판하는 것이 억지에 가깝다고 생각했어요. 저의 평론을 창작자들이 유효하게 느끼고 있는지 자문했을 때 그런 느낌을 받지 못했거든요. 예를 들어 제가 한 아티스트의 앨범을 두고 후반부 완결성이 떨어진다고 평해도, 정작 그는 3부작 중 1부를 공개했을 뿐이라면 이게 무슨 의미가 있을까요?

저에게 언제나 가장 중요한 것은 재미있고 의미 있는 일을 하는 거예요. 이 지점에서 정말 의미 있는 일이 무엇일까 생각해 보니 세상에 인사이트를 주는 것이었어요. 기존의 제 전문성과 다른 분야와의 연결고리를 통해 새로운 관점을 제시하는 것이죠. 이를 통해 대중이 '이렇게도 볼 수 있구나.' 하는 통찰을 얻어 가는 것이 제가 이 일을 지속할 동력이라는 걸 알았어요.

생각이 여기까지 미치니, 평론가라는 단어가 지금의 제 정체성을 반만 설명하고 있다 느껴서 저를 설명할 수 있는 직함을 직접 만들었습니다. 제가 랩을 하거나 창작하진 않지만, 평론 외에 해 왔던 수많은 활동의 여집합이 '힙합 저널리스트'라고 생각해요.

개인적으로는 최근 해 오신 다양한 활동 중 음원 서비스 '바이브(VIBE)'의 힙합 디렉터 활동에서 많은 영감을 받았습니다.

외국 플랫폼과 달리 에디터들의 존재가 알려지지 않는 상황 속에서 작가님의 활동은 마치 한국판 'RAP CAVIAR(스포티파이의 대표적인 힙합 플레이리스트)' 같거든요.

오래 활동을 하다 보니 제가 쓴 책을 읽고 자란 분들이 업계 종사자가 되어 연락을 주시는 일이 종종 있어요. 바이브에서 제안 주신 힙합/R&B 플레이리스트 디렉터 건도 비슷한 결이었죠. 바로 수락했던 이유는 제 기본적인 성향에서 찾을 수 있어요. 저는 일과 상관없이 저만의 플레이리스트를 만드는 데 익숙했거든요. 깊이 들어가면 저는 원체 '아카이빙(Archiving)'을 중요시하는 사람이에요. 특히 음악과 관련된 아카이빙은 번거롭지 않게 생각하고 항상 정리하는 습관이 있어요. 항상 곡을 모으고 추가하고 있었으니까 제안을 듣자 바로 느낌이 왔죠.

제가 따로 시간과 에너지를 쓰지 않고 이 일을 통해 항상 새로운 음악을 접하고 감을 잡을 수 있다는 점도 매력적이었습니다.

플레이리스트 에디터들은 저마다의 작업 방식이 있다고 해요. 작가님의 작업 방식과 선곡에서 지켜가는 원칙이 궁금합니다.

매주 바이브와 협의해서 그 주의 대표곡을 선정하고 해당 아티스트에게 곡에 대한 몇 가지 질문을 받습니다. 주로 50곡 이내로 플레이리스트를 구성해요. 주 장르는 당연히 국내/국외의 힙합과 R&B. 최대한 자연스러운 비율로 구성하고 있지만, 국내 곡의 비중이 높을 때가 많죠.

선곡에서 제가 세운 몇 가지 기준이 있어요. 예를 들어 제가 좋아했던 베테랑 뮤지션의 새 앨범이 나왔을 때, 저의 선호도와 별개로 이 음악이 제가 운영하는 플레이리스트에 들어맞는지 꼼꼼하게 살핍니다. 아무리 좋아했던 아티스트라도 선곡하지 않는 경우가 생기는 거죠. 판단이 모호한 경우라면 대부분의 사용자가 트랙 리스트의 상단부터 듣는다는 점에 착안해 조심스럽게 하단에 배치하기도 합니다.

반대로 (비교적) 신인인 아티스트가 자주 신곡을 낼 경우도 고민하게 됩니다. 새로 발매했다는 이유로 매주 실어 줄 수는 없으니까요. 10년 전에는 인디, 어쿠스틱 장르의 신보가 자주 나왔다면 지금은 R&B 신보가 비슷한 느낌으로 쏟아지고 있어요. 그에 따라 저의 감에 기초한 옥석을 가리는 기준이 갈수록 중요해지고 있습니다.

대부분의 국내 음악 서비스가 힙합, R&B 플레이리스트를 제작하고 있어요. 작가님의 플레이리스트는 어떤 점이 다를까요?

새로운 음악을 때와 장소에 맞게 소개하는 일은 이미 대부분의 젊은 세대 에디터가 잘하고 있어요. 축적된 역사를 바탕으로 베테랑의 좋은 음악을 함께 추천할 수 있는 능력이 저의 장점이라 생각합니다. 저는 다양한 음악 플랫폼을 상시 검색해서 최신 피드에 노출되지 않는 신보도 골고루 피칭(Pitching)하려고 하거든요. 이것이 제가 유지하는 큐레이터로서의 균형 감각이기도 합니다.

사실 신보 소개는 이전 평론가 시절에도 앨범 리뷰의 형태로 자주 하셨어요. 당시와 지금의 차이는 무엇일까요?

제가 매주 신보를 소개하는 바이브의 도프(DOPE) 플레이리스트는 전문가로서의 역량을 보여 주는 판은 아닙니다. 힙합/R&B 플레이리스트 사용자들에게 매주 좋은 가이드를 제공하는 취지에 가까워요. 보조자로서 아티스트의 작업 의도를 잘 전달하려는 마음가짐으로 임하고 있습니다.

아티스트를 소개하는 비중은 상황에 따라 달라지는데요. 예를 들어 도끼(DOK2)의 경우 최근 국내 매체에서 새 앨범이 나왔다는 정도의 소식 외에는 자세하게 다루지 않더라고요. 이럴 때는 제가 아티스트에게 질문하는 비중을 높이고 앨범에 관한 맥락을 자세하게 다루려고 합니다. 반대로 아티스트 쪽에서 신보에 대해 비중 있게 다루길 원하는 때도 있고요.

플레이리스트 디렉터로서 받았던 인상적인 피드백이 있었나요? 진행하면서 아쉬웠던 점이나 앞으로 새로 시도해 보고 싶

은 부분이 궁금합니다.

거의 100%의 재량권을 받아 플레이리스트를 제작하고 있고요. 전반적으로 뿌듯함을 많이 느낍니다. 흔히 말하는 외국 서비스의 힙합 플레이리스트와 비교했을 때, 퀄리티 면에서 뒤지지 않는다고 자부하거든요. 훨씬 섬세하게 작업한 부분이 많습니다. '밀레니엄 닥터 드레(Dr. Dre)'나 '힙합 in OST' 같은 플레이리스트가 좋은 예시겠네요.

아티스트의 디스코그래피를 조사하다 보면 위키피디아에도 빠져 있는 빈틈이 많아요. 그런 부분을 제가 발견해서 보완한 플레이리스트가 서비스에서 소비될 때 보람을 느낍니다. 제 기획 의도가 온전히 드러날 수 있게 해 준 바이브 담당자에게도 고마움을 표현하고 싶습니다.

LP 붐이라는 것도 이제 옛말로 느껴질 정도로 우리 생활 주변에서 레코드가 익숙해졌어요. 그 가운데 한국 힙합의 클래식, 또는 주목할 만한 앨범을 선정해 LP로 발매하는 봉현 님의 '동교동계 바이닐 프로젝트'가 흥미로운데요. 이 프로젝트를 시작하게 된 계기가 궁금합니다.

LP는 기본적으로 힙합 문화와 분리해서 볼 수 없는 포맷이라고 생각해요. 음악을 담는 플랫폼은 꾸준히 변화하고 있지만, 이 흐름 속에서도 LP는 꾸준히 힙합과 함께해 왔거든요. 심지어 디지털 음원으로 디제잉을 해도 턴테이블과 LP의 형태를 띠고 있기 때문에 항상 친숙했던 존재라고 할 수 있어요.

누구에게나 자신의 인생에 큰 영향을 주었던 음반이 있을 거예요. 저에게는 그것이 한국 힙합 명반들이었는데요. 돌아보니 제가 외국 힙합 LP는 자연스럽게 주문하거나 근처 레코드 가게에서 사는 경우가 많은데 한국 힙합은 그러고 싶어도 사 올 LP 자체가 별로 없는 거예요. 그래서 '직접 만들어 보자.' 결심하고 이 프로젝트를 시작했죠. 제 자아 형성에 중요한 역할을 했던 한국 힙합의 중요한 음반을 LP라는 실물로 발매하고 앨범의 가치를 텍스트로 풀어내 세상에 알리는 일에 많은 보람을 느끼고 있습니다.

이 프로젝트의 핵심은 '아티스트 큐레이션'이라는 생각이 듭니다. 언제, 어떤 아티스트의 앨범을 어느 타이밍에 선정하여 LP로 제작할지에 대한 많은 고민이 있었을 것 같아요. 어떤 기준으로 작업에 임하셨나요?

계획했던 건 아니지만 진행하다 보니 두 가지 기준을 그때그때 적용하는 것 같아요. 기본적으로 작품의 가치와 스타성을 반영해서 고려하는 리이슈가 있죠. DJ DOC 5집이나 지누션 1집이 좋은 예시가 되겠네요. 다른 하나는 저의 소신이 들어간 선택입니다. 판매량 측면에서는 기대하기 어렵지만, 작품의 가치를 보고 발매에 의미가 있다고 판단하는 것이죠.

어떻게 보면 평소의 제 성향이 많이 반영된 결정이에요. 매주 작업하는 플레이리스트처럼 하나하나 맥락을 세심하게 살피면서 균형 잡힌 선택을 하는 겁니다. '동교동계 바이닐 프로젝트'를 진행하면서 벌써 스무 장이 넘는 카탈로그가 축적됐는데요, 사람들이 봤을 때 한 번에 파악하기 어려운 리스트면 좋겠어요. 남들이 하지 않을 법한 것을 지속성 있게 끌어가는 프로젝트로서 의미가 있음을 느끼면 좋겠습니다.

'균형'이라는 단어가 많이 등장하는 것이 인상적이에요. 평소 지니고 있는 삶의 태도 외에도 큐레이션에서도 중요하게 생각하는 가치일까요?

사실 고른다는 행위가 그렇게 단순하지 않아요. 선곡만 해도 앞서 말했던 아티스트의 상황이나 주변 신보 발매 동향 등 많은 맥락을 고려해야 질적으로 우수한 추천이 될 수 있거든요.

한국 힙합 LP 프로젝트는 한정된 예산으로 진행하기 때문에 지속을 위해서는 재투자를 할 수 있는 여유도 고려해야 해요. 쉽게 말해 돈이 어느 정도 남아야 하죠. 하지만 이 프로젝트를 믿고 LP를 주문하는 분들이 계시기 때문에 판매량이 카탈로그를 구성하는 유일한 기준이 될 수는 없어요. 결국, 브랜드 정체성에 맞으면서 (판매를 위한) 아티스트의 스타성이 고려된 선택과, 여유가 허락할 때 제 소신이 담긴 선택 간의 시소게임 같은 거예요. 저는 자연스러운 흐름이라고 봅니다.

가장 반응이 좋았던 프로젝트와 아쉬웠던 프로젝트가 있다면 무엇일까요?

제일 뿌듯했던 건 지누션 3집 〈The Reign〉의 20주년 재발매 프로젝트였어요. 나왔던 당시(2001년)에 여러 번 충격을 줬던 작품이었기 때문에, 그 앨범을 제가 직접 재발매하고 라이너 노트를 작성할 수 있다는 데 울림이 있었고 실제로도 발매 후 반응이 뜨거웠어요.
아쉬웠던 건 딱히 없어요. 아쉬울 만한 것은 애초에 내지 않았을 겁니다. 빌스택스(BILL STAX)의 〈DETOX〉나 더 콰이엇(The Quiett)의 〈glow forever〉 같은 경우, LP로 낼 때 기존의 스트리밍 발매와 달리 오리지널 커버도 함께 제작해서 판매했기 때문에 기억에 많이 남죠.

플레이리스트와 정규 앨범은 음악을 감상하는 데 있어 가장 상극의 포맷이에요. 미래의 앨범은 플레이리스트라고 말하는 뮤지션이 있는가 하면, 자신의 의도를 온전히 담은 정규 그대로

를 감상하길 원하는 창작자도 있죠. 두 형태 모두 제작해 본 경험에서 드는 생각이라면 무엇일까요?

일단 제 성향을 먼저 말씀드리면 변화에 대한 가치 판단을 하지는 않아요. 변화는 자연스러운 현상이기 때문에 '옳다, 그르다'의 판단보다는 변화의 배경과 맥락을 분석하는 것이 흥미롭습니다. 영화평론가 정성일 씨와 이동진 씨가 진행하던 라디오의 한 내용이 인상적이었는데요. 정성일 씨가 어떻게 A 영화를 좋아하면서 B 영화를 좋아할 수 있는지 물었을 때, 이동진 씨가 저는 둘 다 좋아한다고 답변하는 부분이 있었어요. 과거에는 힙합 마니아가 케이팝과 아이돌을 함께 좋아하는 것이 상상도 못 할 일이었다면 지금은 각자의 취향이 갈수록 혼합되는 흐름과도 일맥상통한다고 느꼈습니다. 말 그대로 변하는 과정이죠.

뮤지션 브론즈(Bronze)의 음감회에서 그가 밝힌 작업 과정이 떠오르는데요. 각 트랙 리스트를 LP의 물리적인 특성을 고려해서 배치했더라고요. A면의 마지막 이후 B면으로 돌려 첫 번째 트랙을 듣는 행위를 염두에 둔 것이죠. 요즘은 아티스트가 자신의 음악이 재생되는 환경을 고려해서 유연하게, 또는 전략적으로 대응하는 시대에 접어든 것 같아요. 앞서 말한 방식으로 LP와 스트리밍 사이트의 트랙 리스트를 다르게 구성해서 배포하는 아티스트가 있고, 스트리밍 플랫폼의 전파력을 최대한 활용해서 40트랙이 넘어가는 무지막지한 구성의 정규 앨범을 발표하고 '차트 줄 세우기'를 시전하는 아티스트도 있죠. 이런 복합적인 현실을 봤을 때, 당분간은 계속 지켜봐야 할 흐름인 것 같습니다.

최근 진행 중인 프로젝트를 보면 자연스럽게 봉현 님의 작업실 (동교동계 스튜디오)을 온라인으로 접할 수 있어요. 벽을 가득 채운 흑인 음악 LP부터 만화책, 게임, 책을 보면 봉현 님 자신의 취향을 정교하게 큐레이션한 하나의 공간이라는 생각이 듭니다. 이곳을 방문하는 누구라도 봉현 님의 세계관에 자연스럽게 익숙해질 수 있는 효과가 있다고 생각해요. 이 공간을 발전시켜 온 과정이 궁금해집니다.

사실 인테리어 같은 부분에 크게 관심이 있진 않아요. 저는 그저 제가 좋아하는 것을 물성으로 수집하는 것을 좋아하는 사람이었고 이를 위해선 저만의 공간이 필요했거든요. 그런데 제가 단순히 힙합만을 수집했던 것은 아니니까 이를 진열하는 것만으로 저라는 사람을 보여 주는 인테리어가 될 수 있겠다고 느꼈어요. 전략적인 배치까지는 아니고 제 기준에서 사람들이 방문했을 때 이해가 가능한 최소한의 정돈이라고 보시면 될 것 같습니다.

미술관의 전시는 아니지만 제가 모아 왔던 고전 게임기를 진열했을 때, 저라는 사람을 찾는 누군가에게는 하나의 전시 공간처럼 기능할 수 있죠. 저는 제가 좋아하는 것을 저만의 공간에 두었을 때 그것들이 주는 좋은 에너지에서 행복을 느끼는 사람이거든요. 제가 어떤 작업을 하든 항상 공기처럼 영향을 주고 있다고 생각합니다.

개인적으로는 이 공간에서 진행되는 프로젝트라는 것을 알았을 때 신뢰도가 높아졌어요. 가령 힙합과 LP에 대한 조예가 깊은 공간임을 인지한 상태에서 힙합 LP 리이슈 과정을 함께 접하면 자연스레 퀄리티에 대한 신뢰가 따라오는 식이죠. 의도하셨던 부분일까요?

사람들이 자연스럽게 이 프로젝트를 이해할 수 있겠다는 생각은 스쳐 갔죠. 단순히 포스팅으로 LP 발매 소식을 접하는 것과 달리 제 스튜디오와 작업 과정, LP 진열장이 담긴 사진을 함께 보면서 발매 계획을 알게 되는 것은 다르니까요. 단순히 LP가 유행이어서 이 프로젝트를 시작한 사람이 아니라 원래 이 문화에 깊이 빠져 있던 사람이 제대로 하고 있다는 것을 어느 정도 알아주시는 것 같아요. 그런 부분이 이 프로젝트에 대한 신뢰도 상승에 도움을 주고 있다 느낍니다.

큐레이션의 범람이라고 해도 좋을 정도로 추천 콘텐츠가 넘쳐나는 시기를 살고 있어요. 가령 대세로 불렸던 유튜브의 수많

은 플레이리스트의 지표도 예년만 못하죠. 이런 상황 속에서 봉현 님의 방식이 큐레이션의 넥스트가 될 수 있을까요? 결국, 그 사람에 대한 기본적인 신뢰를 바탕으로 '믿고 보는' 추천 콘텐츠를 만들어 내고 계시는 것 같거든요.

다음 단계인지는 조심스럽지만, 이 시기를 보면서 드는 생각은 있어요. 사실 콘텐츠 생산자들을 아예 모른다고 가정하면, 쏟아지는 콘텐츠의 품질과 전문성을 검증하는 일이 갈수록 어려워지고 있어요. 예를 들어 사용자가 저라는 사람을 알지 못하는 상태에서 힙합 플레이리스트를 듣는다면, 단순히 위키피디아나 남의 플레이리스트를 그럴듯하게 베껴서 만든 것과 제가 세심하게 만든 것의 차이를 어떻게 구분할 수 있을까요?

이때 저를 아는 사람들이라면 당연히 제가 만든 플레이리스트를 선택할 것이라는 믿음이 있어요. 제가 힙합 저널리스트로 열심히 살아오며 증명한 비교 우위가 있기 때문이죠. 추천 콘텐츠가 쏟아져 나올수록 실제 생산자와 편집자에 대한 신뢰가 앞으로 더욱 중요해질 것 같아요.

앞으로 계획하고 계신 활동이 궁금합니다.

『힙합과 한국』이라는 책을 작업하고 있어요. 이 땅에 힙합이 들어온 지 어느덧 30년이 되어 가고 있고, 힙합에 대한 전망을 놓고 끊임없이 얘기가 오가고 있죠. 이제는 힙합과 한국의 관계를 정립할 때가 되었다고 느낍니다. 음악적인 얘기보다는 한국 사회가 힙합을 바라보는 시선과 둘 사이의 관계에 집중해서 쓰고 있어요.

전혀 예상할 수 없었던 방향으로 커리어를 확장하고 계세요. 그 어떤 것도 예측할 수 없는 시대 속에서 지키고 있는 자신만의 원칙이 있다면 무엇일까요?

한 해를 돌아보면 가장 인상적이었던 경험은 정작 연초에 전혀 계획하지 않았던 일인 경우가 많았어요. 이 예상치 못했던 제안은 결국 제가 지금까지 열심히 해 온 일의 꼬리를 물고 찾아왔다는 공통점이 있더라고요.

그래서 당장은 큰 반응이 없더라도 이게 언젠가는 되돌아올 것이라는 마음으로 모든 프로젝트에 즐겁게 임합니다. 씨앗을 뿌리는 것과 같죠. 그때는 알 수 없지만 (지금처럼 열심히 하면) 늘 예정에 없던 새로운 일이 찾아오고 소중한 경험이 될 것이라는 믿음을 가지고 오늘도 작업합니다.

(전)포크라노스
유통 총괄

"저희가 고른 음악이 아티스트와
팬에게 새로운 맥락으로
다가가길 원해요."

김은마로

김은마로는 책임감이 강하다. 기획사 A&R과 DJ 활동에서 체득한 현장 감각으로 유통 계약을 위한 아티스트 선정부터 마케팅/프로모션까지 고민한다. 늘 자신의 선택이 미칠 영향에 대해 생각하고 최선의 결정을 위해 팀원들과 의견을 나눈다. 오늘도 이메일로 오는 신인들의 데모를 들으며 하루를 시작하는 그를 만났다.*

*본 인터뷰는 매직스트로베리사운드부터 포크라노스까지의 재직 기간(2015.10~
2023.06) 동안 진행되었습니다.

반갑습니다. 간단한 자기소개 부탁드릴게요.

안녕하세요, 포크라노스 김은마로입니다. 매직스트로베리사운드에서 A&R로 경력을 시작해서 이후 음악 유통사인 포크라노스로 이직 후 취미로 바이닐 DJ를 함께하다 현재는 음악 유통 업무를 총괄하고 있어요.

처음 음악에 빠지게 된 순간, 그리고 업으로 삼기로 결심했던 순간이 궁금합니다.

10대 시절을 베트남에서 보냈는데 그때 플루트를 연주하면서 음악가의 꿈을 키우다 그만뒀어요. 이후 한국으로 돌아와 대학교에 다니면서 다양한 장르의 음악을 많이 접했죠. 어릴 때는 클래식 위주로만 들었다면, 이때부터 재즈, 알앤비, 클럽 음악 등 가리지 않고 즐겼어요.

프로필을 보면 DJ, A&R, 음악 유통 총괄 등의 다양한 포지션을 볼 수 있어요. 창작자와 업계 종사자를 병행하는 흔치 않은 경우예요. 아티스트의 길을 꿈꾸며 창작하다 음악 업계에 발을 딛는 경우가 많은데 비슷한 사례일까요?

특별히 뭐가 되고 싶다는 마음을 가지고 했던 건 아니었어요. 당시 가장 흥미가 있던 것을 해 보고 아니다 싶으면 과감하게 그만두면서 여기까지 온 것에 가까워요. 오히려 꿈이 확고하지 않았기 때문에 더 유연하게 경력을 쌓을 수 있었던 것 같아요. 지금도 제가 뭐가 되고 싶은지는 잘 모르겠거든요. 특정 타이틀이나 직급을 쫓았던 것도 아니고요.

현재의 직업 외에도 바이닐(Vinyl) DJ라는 이력이 흥미로운데요. 이전부터 음악을 찾아다니고 추천하는 것에 관심이 많았는지 궁금합니다.

음악 추천은 어릴 때부터 주변 친구들에게 정말 많이 해 왔죠. 제가 공 CD 이후 세대라서 플랫폼에서 플레이리스트를 만들면 사진을 캡처하거나 링크를 공유하는 식으로 추천했어요. 디제잉에 처음 빠지게 된 건 지금으로부터 5~6년 전인데요. 당시 하세가와 요헤이 님이 합정 인근에 있는 LP바 '만평 바이닐 뮤직'에서 시티 팝(City Pop)을 자주 틀었어요. 처음에는 손님으로 갔다가 점점 그곳의 단골손님, DJ들과 왕래하게 되었고 어느 순간부터는 저도 사장님의 추천으로 LP를 모으고 디제잉을 시작했죠.

지금 생각해 보면 매일 두 가지 다른 큐레이션을 해 왔던 것 같아요. 일할 때는 자사 아티스트 음악을 알리기 위한 콘텐츠를 기획했고, 퇴근 후에는 당시 제가 너무나 좋아했던 시티 팝을 DJ로서 소개하고 나누었어요. 요즘은 이 스타일의 음악을 하는 사람들이 많지만 제가 처음 소개하던 5~6년 전에는 시티 팝이 그렇게 유행하진 않았거든요. 이를 전문적으로 플레이하는 DJ도 많지 않았고요. 대부분의 섭외 요청이 시티 팝 선곡이었던 관계로 저도 해당 장르를 정말 많이 팠습니다. 휴가 때마다 LP를 사러 일본에 갔었죠.

회사 소속으로서 진행했던 큐레이션과 로컬 DJ로서 해 왔던 큐레이션 간의 차이가 있었나요?

회사에서 했던 음악 추천은 기본적으로 소속 아티스트의 팬들을 위한 목적 중심이었어요. 제 의견을 줄이고 회사의 방향을 따르는 대신 (콘텐츠가) 더 많은 수의 사람에게 도달할 수 있었죠.

반면 합정 LP바에서 철저하게 제 취향대로 음악을 소개한 경우, 제가 좋아하는 것을 (소수의) 사람들에게 알려 주면서 실시간으로 반응을 얻고 관계를 형성하는 과정이 즐거웠어요. 제가 소개한 음악을 계기로 해당 장르의 팬이 되어 지속해서 가게를 찾아오거나 LP를 사는 것을 알게 됐을 때 정말 뿌듯했죠. 대신 전파력의 한계가 있었고, 추천의 퀄리티를 유지하는 것이 벅찼어요. 바이닐 DJ인만큼 제가 소유한 LP만 플레이할 수 있기 때문에 보유량이 부족해지는 순간 저의 추천은 뻔해지거든요. 정리하면 양 중심의 추천과 질 중심 추천의 장단점을 모두 경험한 셈이에요.

A&R은 아티스트가 최적의 아웃풋을 낼 수 있게 여러 방면에서 돕는 직종이에요. 제작 중심의 업무에서 음악 유통업으로 이직하게 된 배경이 궁금합니다.

항상 뮤지션 곁에서 일하는 직종이라 밤낮이 없었어요. 늘 대기조로 일하거나 현장에 있어야 했죠. 대중에게 알려진 케이팝 기획사의 A&R은 국내, 국외에서 곡을 수급해 오는 일로 알려졌을 거예요. 인디펜던트 레이블 A&R은 'All-Round', 할 수 있는 모든 일을 다한다고 보시면 돼요. 대부분의 인디 뮤지션이 싱어송라이터인 관계로 음악 제작을 제외한 나머지 일만 하는 경우도 많았고요. 이후 경험이 좀 쌓이면서 아티스트의 앨범 컨셉과 이미지를 함께 기획해 봤지만, 저와는 잘 맞지 않았어요.

또한 A&R은 앨범 컨셉 구상에 도움을 주기 위해 요즘 트렌드에도 능통해야 하고 미적 감각도 필요해요. 저는 제가 꽂힌 것에 깊이 파고드는 스타일이어서 장기적으로 이 일을 계속하기는 어렵겠다는 판단이 섰어요. 그래서 미련 없이 옮길 수 있었죠.

유통사로서의 포크라노스는 독특한 인상을 줍니다. 인디 음악 전문 유통사를 표방하는 동시에 단순히 음원 유통에 국한되지 않고자 하는 의지가 느껴져요. 유통하는 아티스트의 신보를 다양한 콘텐츠 유형으로 지원하는 모습을 보면 음악 전문 매체가

연상되기도 합니다.

이전 회사에서 아티스트 매니지먼트를 경험했던 것이 많은 영향을 줬어요. 일반 유통사가 아티스트 신보의 원활한 발매 및 스트리밍 플랫폼 내 프로모션 중심의 업무를 처리한다면, 저희는 한 발 더 나가 계약된 각 아티스트를 케어하려고 해요. 단순히 계약상의 업무 처리만으로는 아티스트가 가진 최대한의 가능성을 끌어낼 수 없다는 판단이 섰거든요.

가령 인디펜던트 아티스트의 경우, 대형 기획사 소속이 통상적으로 받는 회사 차원의 지원 없이 업무 대부분을 혼자 해야 해서 막막함을 느끼는 사람들이 많거든요. 한 예로 유통사에 마스터 음원과 뮤직비디오를 등록하는 행정 업무도 누가 봐 주는 사람이 없다면 실수하기 쉬워요. 대부분의 아티스트가 음악 제작 이후의 절차에 혼란을 느낀다면, 이들이 가장 먼저 떠올릴 수 있는 곳이 포크라노스였으면 좋겠다고 생각했어요.

어떻게 보면 음악 유통을 할 줄 아는 전문 아티스트 컨설팅 에이전시 같은 접근이죠. 콘텐츠가 넘쳐나는 시대에서 앨범이 세상에 나온 것만으로는 아무 영향도 끼칠 수 없거든요. 임팩트를 주려면 (계약 관계를 형성하고 있는) 각 아티스트에 대한 깊이 있는 이해가 필요하죠.

말씀하신 깊이 있는 이해란 무엇일까요?

모든 아티스트가 앨범 발매 이후 쇼케이스와 인터뷰를 원하는지부터 다시 검토할 필요가 있어요. 가령 데뷔 싱글을 낸 인디 뮤지션은 오히려 공연을 원하지 않는 경우가 있거든요. 공연 레퍼토리가 충분치 않다고 생각해 부담을 느끼는 거죠.

따라서 아티스트별로 그간 회사와 구축된 신뢰 관계와 각자의 성향을 자세하게 파악하는 것이 중요해요. 그래야 저희도 최적의 프로모션을 기획할 수 있거든요. 기존 유통사가 아티스트의 앨범 발매와 그 이후의 과정을 해결해 주는 사업체로서 기능했다면, 저희는 제작 단계부터 함께 논의해서 완결된 콘텐츠가 아티스트와 팬 모두에게 주는 경험을 한 단계 높여 주는 것이 목표입니다.

포크라노스는 아티스트와의 유통 계약에서 자체적인 기준을 적용하고 있는 것으로 알려졌어요. 그 기준이란 무엇일까요?

저희는 인디, 포크, 재즈 등 대중이 상대적으로 덜 소비하는 장르에 열려 있는 편이에요. 다만 저희도 취향을 가진 개인들의 집합체인 만큼 아티스트와 장르를 선택할 때 상대적으로 덜 고르게 되는 것이 있어요. 저희가 택하지 않은 작품이 낮은 품질이라는 의미는 아니고요.

진열대를 연상하면 이해하기 쉬울 거예요. 여러 가지 과일이 있을 때, 각 과일은 맛있는 과일일지라도 함께 진열했을 때 어울리지 않는 경우가 있거든요. 양옆으로 배치했을 때 각자의 맛도 떨어져 보이는 효과가 있고요. 이처럼 아무리 개별 아티스트가 좋은 콘텐츠를 가져와도, 전체적인 균형을 위해 어쩔 수 없는 선택을 하는 때가 왕왕 있어요.

'인디 음악 전문 유통사'라는 타이틀이 다소 좁게 느껴질 정도로 최근의 유통 타이틀은 기존의 예상을 깼던 기억이 있어요. 가령 인디 하면 감성적이거나 잔잔한 분위기의 음악을 많이 떠올리지만, 하드코어 힙합 그룹 서리(30)의 정규 앨범을 발매한 것처럼 말이죠.

모든 회사가 설립 초기에는 대표님의 취향을 많이 따라가는 편이죠. 저희도 비슷한 맥락으로 아티스트를 선정하고 계약했지만, 이제는 실무진 각자의 취향과 추천이 반영된 아티스트 픽이 점차 늘어나고 있어요. 질문에서 언급한 앨범처럼 의외의 장르 선택으로 신선함을 주려고도 하고요.

유통사 포크라노스의 핵심은 결국 아티스트 큐레이션에 기반을 두고 있는 것 같아요. 남들이 아직 찾아내지 못했거나 간과한 재능을 발견하고 띄우는 것이 중요한 첫 단추라는 생각이

듣니다. 수없이 쏟아지는 음악 속에서 이를 고르고 추천하는 자신만의 작업 방식이 궁금해요.

말씀 주신 것처럼 포크라노스의 가장 중요한 큐레이션은 결국 아티스트 선정이에요. 음악 서비스 유통을 위해 저희가 먼저 이들을 추려 내고 계약을 진행해야 하니까요.

제가 가장 중요하게 보는 플랫폼은 이메일입니다. 포크라노스라는 브랜드를, 그리고 저희가 펼치는 일들을 보고 찾아 주는 분들이 가장 많은 곳이에요. 대외적으로 보이는 저희의 아웃풋에 대해 높은 이해도를 가진 많은 뮤지션이 감사하게도 문을 두드리는 곳이죠. 아직 세상이 알지 못하는 잠재력을 가장 먼저 볼 수 있는 소중한 보물 창고와도 같아요. 이 속에서 온 힘을 기울여 고르는 것이 저만의 큐레이션입니다. 아직은 제가 직접 다 듣고 고민하는 과정을 거치고 있어요.

요즘 음악 추천하면 떠올리는 유튜브 플레이리스트와는 결이 조금 달라요. 이미 세상에 나온 창작물을 에디터의 맥락으로 재창조하는 행위는 아니지만, 더 원초적인 단계의 발굴이자 큐레이션이라고 생각해요.

다른 큐레이션 콘텐츠와 달리 이 선택은 실제 계약과 비용을 수반하기 때문에 상당히 많은 부담을 안겨 줄 것 같아요. 신중

한 결정을 위한 자신만의 기준이 있을까요?

여러 기준이 있겠지만 팬 베이스(Fan base)는 제가 가장 마지막으로 보는 요소입니다. 이미 어느 정도의 팬덤이 형성된 아티스트라면 저희 이전에도 다른 회사에서 지켜봤거나 접근했을 거예요.

팬이 많다는 것은 이미 어느 정도 고점에 다다른 우량주라는 의미예요. 물론 이런 대형 신인을 잘 관리하고 띄울 수 있는 훌륭한 회사들이 많지만, 저희가 그 길을 따라 걸을 필요도 없고 걸을 수도 없어요. 당장은 낯설게 느껴질 수 있지만, 더 보여 줄 수 있는 것이 많은 성장형 아티스트와 최대한 함께하려고 합니다.

앨범 유통 외에도 다양한 콘텐츠를 기획하면서 많은 아티스트와도 친분을 유지하고 있어요. 추천에서 객관성이 흐려질까 염려된 적이 있나요?

항상 부담스럽고 어려운 부분이에요. 저는 집단 지성을 활용해요. 저와 함께 일하는 팀원들이 다양한 배경과 취향을 가지고 있는 데서 신뢰가 있거든요. 저만의 감과 취향이 가져올 한계를 이들과의 회의를 통해 보완하는 것이죠.

예를 들어 다음 시즌에 계약할 아티스트에 대해 함께 얘기한다고 해요. 저도 모든 장르를 좋아하지는 않기 때문에 마음이 가지만 조회수 등의 지표가 아쉬운 아티스트가 있고 반대로 온라인상의 반응이 있지만 그 맥락을 알기 쉽지 않은 아티스트가 있어요.

저는 그럴 때 솔직하게 물어보는 편이에요. "왜 이렇게 반응이 좋나요?" 여기서 바로 얘기해 줄 수 있는 사람이 있다면 빠르게 이해할수 있지만, 둘 다 알쏭달쏭할 땐 회의를 통해 이 현상을 받아들이려고 합니다. 비록 제 취향이 아니더라도 최종 의사를 결정할 수 있는 합리적인 토대를 구축하는 과정이죠.

다른 큐레이터들과 정반대의 접근이라서 재미있는 것 같아요. 이들은 자신의 감을 더 갈고 닦아야 오히려 타인을 이해시킬 수 있다고 생각하거든요.

현재의 음악 씬에서 중심이 되어 활약하고 있는 전문가와 관리자의 차이 같기도 해요. 저도 한때는 현장에 있었지만, 지금은 저와 함께 하는 사람들이 일터에서 최대한 자신의 취향과 인사이트를 발휘할 수 있게 돕고 의사결정을 해야 하는 임무가 있으니까요.

그간 제작에 참여한 콘텐츠 중 가장 애착이 가는 콘텐츠는 무엇인가요? 기대와 달리 아쉬움이 남았던 것도 궁금합니다.

아쉬웠던 것부터 먼저 얘기해도 되죠? 2021년 9월 진행했던 포크라노스의 첫 페스티벌이 매우 아쉬워요. 코로나 등 여러 사정 때문에 원래 계획했던 장소와 시기에 진행하지 못했거든요. 페스티벌 했을 때 흔히 떠올리는 풍경이 있잖아요? 야외, 자연, 사진 찍기 좋은 감성 등… 현실적인 여건으로 페스티벌보다는 클럽 데이의 느낌을 주었던 것 같아요. 추후 상황이 나아진다면 다시 한번 제대로 페스티벌을 열어 보고 싶어요.

반면 가장 뿌듯했던 프로젝트는 지니 뮤직(GENIE MUSIC)과의 협업을 통해 론칭한 '라이브하우스 바이 포크라노스'예요. 예전부터 인디 아티스트에게 최적화된 구성의 라이브 공연이 무엇일까 고민해 왔어요. 많은 공연의 형식이 유사해지면서 아티스트에게 필요 이상의 것을 요구한다고 생각해요. 가령 모두가 예능에 특화된 연예인처럼 공연 중에 토크를 잘하거나 웃길 필요도 없고 그럴 수도 없어요.

'어색하게 말을 할 시간에 음악을 더 들려 주자.'가 저희의 결론이었고 콘텐츠의 방향성이 됐어요. 공연 사진은 있지만, 실황 영상을 제공하지 않는다는 것은 큰 도전이었죠. 모두가 영상 콘텐츠를 공개하는 시대에 역행하는 선택이었으니까요. 다행히 반응이 좋았고 다음 시즌을 준비할 수 있게 되었어요. 우리만의 장점이 무엇인지 치열하게 고민한 끝에 음악으로만 승부를 걸었고 그 판단이 유효했다고 느낍니다. 때로는 두 귀로만 집중하게 하는 것이 더 효과적인 전략이라고 생각해요.

(전)포크라노스 유통 총괄 김은마로

평소에 영감을 주는 채널이나 콘텐츠가 있다면 무엇이 있을까요? 인물이어도 좋습니다.

사실 요즘은 인풋 없이 지낸 지 좀 오래됐어요. 내 몸을 움직여서 하는 문화생활 대신 제 안을 들여다보는 시간을 많이 가졌어요. 물론 영화를 보고 책을 읽는 등의 행위가 아예 없었던 것은 아니지만, 현재의 포크라노스가 있기까지의 동력에는 저희 팀원들의 영감이 많은 부분을 차지했다고 생각해요.

함께하는 실무 분들의 영감이 제게 가장 많은 인풋을 줬고요. 이는 제 업무 변화와도 연결되는 지점입니다. 이전까지 해 보지 않았던 관리에 대해 배우고 일하면서 그만큼 실무를 위해 쏟는 개인적인 인풋이 줄어들겠지요. 만약 내년에 만났다면 지금과 같은 내용의 인터뷰를 하지 못했을 가능성이 커요.

실무를 내려놓고 리더가 되어 가는 과도기에 만난 셈이군요. 내려놓는 과정에서 느끼는 아쉬움이 있나요?

이미 각 영역에서 빛을 발하는 전문가들이 든든한 팀원으로 계세요. 이분들이 더욱 재미있고 건강하게 일할 수 있게, 저는 다른 영역에서 치열하게 고민하고 행동해야 하죠. 첫째로는 포크라노스 유통 카탈로그의 핵심 재료인 (미래) 아티스트에 대한 고민입니다. 기존 브랜드의 방향성을 해치지 않는 선에서 자사의 수익성을 지속할 수 있게 잠재력을 신중하게 고르고 결정해야 해요.

그다음 단계로 하는 고민은 전체적인 프로모션의 목적과 방향성 정립입니다. 콘텐츠 유형에 상관없이, 우리가 유통하는 음악이 최대한 다양한 곳에서 재생되고 좋은 경험을 줄 수 있으면 합니다.

흔히 내가 좋아하는 일이 직업이 된다고 하면 후회할 일들이 생긴다고 해요. 이 일을 하면서 음악에 대한 마음이 변하고 있나요?

단 한 번도 없었고 앞으로도 그럴 일은 없지 않을까 해요. 이제 시작이라고 생각합니다.

전혀 예상하지 못했던 방향으로 커리어를 확장하고 있어요. 그 어떤 것도 예측할 수 없는 시대 속에서 지켜 가는 자신만의 원칙이 있다면?

결국 '진정성'인 것 같습니다. 매사에 최선을 다하는 것에서 출발한다고 생각하거든요. A&R 직무를 처음 수행할 때부터 지금까지 계속 일하는 영역을 확장했어요. 끊임없이 새로운 상황이 발생해 쉽지 않았지만, 온 힘을 다했기 때문에 일에 몰입할 수 있었습니다. 이 경험을 바탕으로 다른 일을 접할 때의 시야도 넓어진 것 같아요.

앞으로의 제가 집중할 업무 분야는 큐레이션과 비즈니스로 요약할 수 있는데요. 다만 둘을 뭉뚱그려 하나의 과제로 인식하고 전력을 기울이는 접근은 지양하려고 합니다. 예컨대 매출 신장이 중요한 목표가 될 경우, 큐레이션의 기준을 낮추고 매출 부분에서 임무를 다했다고 합리화할 수 있으니까요.

앞으로 계획이 있다면 무엇일까요?

그동안 대중에 드러나지 않는 영역에서 아티스트 큐레이션을 해 왔다면, 이제는 저희가 세심하게 고르고 유통하는 음악이 아티스트와 팬 모두에게 새로운 맥락으로 다가가길 원해요.

22년 하반기 서울패션위크 동안 쉐이크 쉑(SHAKE SHACK) 두타점과 진행한 브랜드 협업이 좋은 예시인데요. 포크라노스가 선정한 아티스트들의 라이브 공연이 양일간 매장에서 펼쳐지는 기획이었어요. 이를 시작으로 예상하지 못했던 공간과 음악, 그리고 콘텐츠의 결합을 통해 포크라노스만이 줄 수 있는 음악 경험을 지속해 선사하는 것이 목표입니다.

"큐레이터라면 좋아하는 것에 대해
확실한 기준을 가지고 소개하면
좋겠어요."

유지성

유지성은 오늘도 바쁘다. 꾸준히 에디터로서 글을 기고하고, 이태원을 중심으로 서울의 다양한 베뉴에서 음악을 튼다. 최근에는 전자음악 프로듀서로서 본격적인 활동도 시작한 상태다. 에디터, DJ, 그리고 큐레이터까지. '편집'과 '추천'을 넘나들며 왕성하게 활동하는 그를 만났다.

반갑습니다. 간단한 자기소개 부탁드려요.

안녕하세요. 에디터이자 DJ로 활동하고 있는 유지성입니다. Jesse You라는 이름으로 음악을 틀고 있고 최근에는 프로듀서 활동도 병행하고 있어요.

DJ 이전의 삶을 들여다보면 눈에 띄는 이력이 《지큐 코리아 (GQ Korea)》의 피처 에디터입니다. 이 길을 걷게 된 계기가 궁금해요. 음악을 좋아하는 것의 연장선이었을까요?

아티스트의 길을 꿈꿔 본 적은 있지만, 그 길로 가겠다 결심하진 않았어요. 제가 무대 체질은 아닌 것 같았고 어떤 길을 택하면 이들과 함께 가치 있는 것을 만들어 낼 수 있을지 고민했죠. 비록 전업 음악인의 길은 아니더라도 크리에이티브의 영역에서 일하고 싶다는 생각이 강했어요.

그 당시 저는 음악 외에 패션에도 많은 관심이 있었어요. 대학 시절 뉴욕에 1년 정도 체류할 기회가 있었는데 틈만 나면 소호(SOHO)에 가서 스타일을 구경하거나 힙합 공연을 보러 다녔거든요. 그 경험 이후 이쪽 관련 일을 무조건 하겠다는 확신이 생겼습니다.

그때 '잡지사 에디터'라는 직업이 눈에 들어왔어요. 평소에 다양한 잡지를 즐겨 보기도 했고, 현장을 생생하게 취재하는 점에 매력을 느꼈거든요. 인문 계열의 전공을 하면서 나름 글쓰기에 감각이 있다는 것도 발견했고요. 3학년 때부터 글을 기고하거나 어시스턴트 생활을 하는 등의 준비를 하다 GQ에서 일을 시작할 수 있었어요.

당시 제작했던 콘텐츠 중 음악에 대한 전문성이 잘 드러난 기사들이 인상적이었어요. 그중 몇 개는 온라인에서 좋은 반응을 얻으며 바이럴이 되기도 했고요.

음반을 모으다 보면 속지를 꼼꼼하게 읽게 되잖아요? 당시에는 인상 비평이 많았고, 특히 힙합 같은 경우 잘 알지 못하는 상태에서 쓴 리뷰가 많아서 아쉬웠거든요. 역사가로서의 관점이든, 창작자를 이해하고 조명하는 관점이든 더욱 전문성 있는 콘텐츠를 지향하는 마음으로 음악 기사를 기획하고 작성했어요.

선배들이 항상 강조했던 것처럼 생생하고 구체적인 취재가 중요하다고 생각해요. 예를 들어 미국 GQ가 종종 하던 기획인데, 뮤지션이 투어를 다닐 때 에디터가 며칠 동안 거기에 동행하며 작성한 인터뷰 기사들이 있어요. 해당 에디터만 볼 수 있었던 흥미로운 장면과 이야기가 정말 많았겠죠? 그런 것처럼 음악 기사를 작성할 때 이전의 것들보다 한 단계 더 들어가는 접근을 취하려 했어요. 그냥 좋다는 감상에서 머무르지 않고 이게 왜 멋진지 정확히 알려 주는 것이죠.

기존의 기사보다 한 발 더 나간 접근을 취하는 데 있어 어려웠던 점은 없었나요?

지금이야 래퍼나 DJ가 이른바 패션지, 라이프스타일지라 불리는 잡지들에 등장하는 게 익숙하지만 제가 처음 일을 시작한 2009~10년 경만 해도 흔한 일은 아니었어요. 한 예로 일리네어 레코즈 설립 전의 더 콰이엇을 인터뷰했을 때, 지면 관계상 한 페이지 분량에 내용을 모두 집어 넣느라 애먹었던 기억도 있고요. 비단 한국 힙합만의 이슈는 아니었고 외국 전자음악 뮤지션을 다룬다고 해도 상황은 같았죠.

이후 테디 라일리(Teddy Riley) 같은 특정 장르의 선구자를 4페이지나 다룰 수 있게 된 건 힙합의 영향력이 커진 요인도 있지만, 당시 서브 컬처에 가까웠던 힙합이나 여타 메인 스트림 밖의 여러 음악을 좀 더 사람들에게 정확하게 알려 주려고 노력했던 시간이 쌓인 것도 유효했던 것 같아요. 물론 저 혼자만 애쓴 건 결코 아니고요. 좋은 선배, 팀원들과 일한 덕이 컸죠.

일단은 저도 남성 라이프스타일 매거진 소속으로서 해당 독자를 중심으로 아이템을 기획하죠. 하지만 다루는 주제가 음악과 스포츠일 때, 그걸 아주 좋아하는 사람들의 눈에도 틀린 부분이 없어야 하는 게 제 기준이었거든요. 그래서 라이프스타일 잡지를 위한 내용과 더불어 해당 주제의 팬과 마니아가 재미있게 느낄 포인트를 전략적으로 배치했고 전문 온라인 커뮤니티에서 제 기사가 좋게 언급될 때 성취감을 느끼기도 했어요. 이센스 인터뷰나 유재학 감독 인터뷰가 좋은 예시가 될 수 있겠네요.

어느 순간부터 전업 DJ의 이미지도 강해졌어요. 프리랜서 에디터가 되면서 DJ의 비중을 핵심으로 가져가게 된 배경은 무엇인가요?

지금 생각하면 웃기기도 하지만 서른이 되면서 느꼈던 감정이 있어요. 새로운 것을 제대로 시작할 수 있는 마지막 기회가 아닐까 싶은 상당히 어린 생각이었죠. 그때가 에디터로서는 3~4년 차 정도 됐던 시기예요. 조금씩 성과를 쌓아 가던 시기였죠.

이미 바이닐을 취미로 모으기 시작하고 있었고, 당시 새로운 베뉴였던 이태원 케익샵(Cakeshop)에서 디제이 소울스케이프(DJ Souls-cape) 형이 음악을 트는 걸 보면서 '나도 해 보고 싶다.'는 생각이 본격적으로 들었던 것 같아요. 20대 초반에는 여러 이유로 시도하지 않았던 것을 이제는 해 보고 싶었던 거죠. 다만 취미로 접근했던 건 아닙니다. 하면 제대로 하는 거고 안 한다면 아예 시작하지 않는 편이거든요. 예컨대 아무리 재미없는 영화라도 끝까지 봐야 하는 성격이랄까.

지금은 특별히 그렇진 않지만, 당시에는 GQ 에디터인 저와 DJ로서의 저를 분리하려고 노력했어요. Jesse You라는 DJ 이름만으로도 프로들이 인정해야 한다는 생각이 컸거든요. 개인 시간을 많이 포기하고 거기에 매진했죠.

외국의 사례를 보면 에디터와 DJ를 겸하고 있는 분들이 많아요. 직접 병행하면서 보는 두 직업 간의 연결고리가 궁금합니다.

결국 편집이 중요하다는 부분이 유사하죠. 기본적으로 세상에 존재하는 아웃풋을 편집해서 독자를 위한 페이지를 만드는 사람이니까요. DJ도 어떤 면에선 비슷한 맥락이라고 봐요. 사람들이 만든 노래를 골라서 연결하고 그 고리 안에서 새로운 맥락을 창조하죠. 에디터가 어떤 사람을 어느 장소에서 어떤 톤 앤 매너로 인터뷰할지 기획 단계에서 결정할 책임과 권한이 있는 것처럼, DJ도 자신이 만드는 믹스의 분위기를 주도할 재료를 시작부터 고를 수 있거든요. 그런 점에서 비슷한 부분이 많다고 느껴요. 에디터 백그라운드가 있는 (고)앤드류 웨더올(Andrew Weatherall)이나 빌 브루스터(Bill Brewster) 같은 분들을 봐도 겸업이 이상한 일이 아니라는 것을 알게 되었고요.

조금 더 나아가서 얘기하면 두 직업 다 디렉터 같은 측면이 있어요. 완결된 콘텐츠 중심으로 생각하면 에디터라는 호칭이 어울리지만, 아이템 기획부터 인물/장소 섭외 등의 일을 돌아보면 종종 프로듀서, 디렉터의 영역까지 포함하거든요. DJ도 자신의 무대에서 의도하는 분위기를 연출하려면 사전에 음악이라는 재료를 가지고 흐름을 구성할 줄 알아야 해서 유사성이 있다고 봐요.

이태원이라는 로컬 씬을 얘기할 때 빼놓을 수 없는 DJ로 자리 잡았어요. DJ의 길을 걷기 시작하면서 그렸던 자신만의 비전이 있었나요?

어떤 거대한 청사진을 가지고 시작했던 건 아니고 하나씩 생각했어요. 제일 처음에는 이태원 케익샵에서 트는 게 목표였다면 이후에는 레드 라이트 라디오 같은 좋아하는 해외 라디오 스테이션에서 틀어 보고 싶고 다음 단계로는 외국 클럽이나 페스티벌에서 해 보고 싶었던 것처럼 말이죠.

본인은 스스로 어떤 DJ라고 생각하나요?

'때와 장소에 알맞은 전자음악을 트는 사람'이 저의 소개 문구예요. 꼭 전자음악에 저를 한정하는 것은 아니고, 항상 경계(Boundary)를 넓혀 가는 사람이 되고 싶거든요. 제가 틀거나 만드는 음악이 계속 변하고 있지만, 저에게 영향을 준 다양한 음악을 적절한 흐름 안에서 유연하게 꺼낼 수 있는 DJ가 되고 싶은 거죠.

경계를 넓힌다는 것은 무엇일까요?

여러 장르가 섞여 있는, 비유하면 회색 지대(Gray area)에 있는 음악
에 늘 흥미를 느꼈어요. 듣다 보면 "이건 힙합이야, R&B야?", "이건
하우스야, 테크노야?" 같은 질문을 던져 주는 음악들 말이죠. 음악
을 듣다 보면 기존에 알고 있던 지식만으로는 설명되지 않는 음악들
을 결국 만나는데, 거기서 강한 자극을 받게 되는 거죠.

예를 들어 최근에 상당히 흥미를 갖고 있는 이탈로 하우스(Italo
House)의 경우에도 흔히 잘 알려진, 피아노 코드와 '드리미(Dreamy)'
한 사운드만 생각하다 보면 놓치게 되는 부분이 있으니까요. 분명히
이탈리아에서 발매된 음반 수록곡이고 이탈로 하우스로 구분할 만한
요소를 포함한 트랙인데, 레이블을 지우고 들으면 이걸 과연 이탈로
하우스로 구분할 수 있을까 싶은 그런 곡들이 참 재밌어요. 덧붙여
말하자면 저는 '흑인 음악'이란 용어 사용에 꽤 부정적인 입장이지만,
굳이 말하자면 역사적으로 하우스나 테크노도 명백한 흑인 음악이잖
아요. 이런 예처럼 어쩐지 잘못 인식된 경계에 대한 이야기도 포함하
고요.

**사람들이 제한적으로 알고 있는 것을 조금씩 넓혀 주는 일에
관심이 많은 것 같아요.**

'결국에는 다 연결되어 있다.'는 것이 제가 음악을 설명하고 소개하

는 방식에서 아주 중요한 키워드예요. 힙합이나 하우스 같은 장르 이름을 들었을 때 떠오르는 이미지들이 있죠. 하지만 그게 전부가 아니라고 말하고 싶은 거죠. 사전적 정의로는 맞을 수도 있겠지만, 그것만이 정답은 아니라고.

누군가에게는 이런 것들이 회색 지대로 보일 수 있겠지만 다르게 바라보면 연결점일 수도 있잖아요? 예를 들어 제가 이번 주말에 있을 파티를 위해 디제이 셋을 준비한다고 해요. 제가 최근에 자주 선택하는 전자음악 장르가 있지만 오로지 그것만 틀고 싶진 않아요. 그런데 재미있는 점은, 이를테면 90년대 유행한 프로그레시브 하우스 레코드를 들어 보면 B사이드에 디스코 계열의 트랙이 실린 경우가 은근히 많아요. 그런 연결을 발견할 때면, 현재는 서로 꽤 떨어진 것처럼 보이던 음악들이 오히려 실제 장르 탄생쯤엔 다 같이 어우러져 놀던 그림이 머릿속에 그려지면서 너무 흥미로운 거죠.

요즘은 콘텐츠를 어디에서나 접하기 쉽지만 그만큼 깊이 있게 이해하기란 쉽지 않아요. 말씀하신 부분은 큐레이터가 가져야 할 덕목 같기도 해요.

시티팝을 듣고 싶을 때 플랫폼에 검색하면 전 세계 수많은 콘텐츠가 뜨는 데 1초도 걸리지 않죠. 소비자들은 당연히 검색 최상단에 나오는 결괏값 위주로 즐길 확률이 높아요. 거기에 잘못된 점은 없죠. 하지만 큐레이터라면, 그 이면이나 그것과 연결점을 갖고 있는 항목에 대해서도 소개할 수 있으면 좋지 않을까요?

서울은 특히 빠르게 달아오르는 도시고, 순식간에 다시 그 온도가 낮아지면서 잔뜩 뜨겁던 뭔가가 황망할 정도로 흔적도 남지 않고 사라지는 경우를 종종 봤던 것 같아요. 하지만 다음이 있다면, 연결점을 찾았다면, 그 이면에 대한 애정이 생겼다면, 그렇게 쉽게 없어지진 않겠죠. 큐레이터라면 '사람들이 모를 것 같으니 넘어가자.'는 태도보다는 약간의 위험성을 감수하더라도 한발 더 나아가 설명하는 시도에 가치를 둬야 한다고 생각해요.

'DJ라면 진짜 좋은 음악을 틀어야 한다.'고 말한 적이 있어요. 그렇다면 '진짜 좋은 큐레이션'이란 무엇일까요?

저는 숙련된 사람일수록 뭔가를 봤을 때 비교 대상 없이 절댓값을 한 번에 파악할 수 있는 능력이 있다고 봐요. 예를 들어 옷 두 벌이 같이 걸려 있으면 어떤 게 더 예쁜 옷인지 파악하는 게 그리 어렵진 않을 거예요. 하지만 하나의 옷만 평가해야 한다면 이 옷이 진짜 괜찮은 건지 혼란스럽죠.

여전히 레코드를 사러 가면 숙제 같이 어렵고, 아직도 헷갈려요. 이게 진짜 좋은 건가? 기분 탓은 아닌가? 그날의 기준이 될 만한 적당히 좋은 레코드를 찾고 나면 비로소 그때부터 구분이 쉬워지고요.

DJ 겸 에디터 유지성

살 것과 안 살 것. 진짜 뛰어난 큐레이터라면 그런 과정이 불필요할 수도 있겠죠. 경험 덕분일 수도, 지식 덕분일 수도 있을 거예요. 어떤 면에서는 단련된 감각이라고 말할 수 있겠네요. 들으면 바로 '이건 어느 정도로 좋다.' 아는 거죠. 그 판단에 대한 논리도 있을 거고. 거기서 사람들을 설득할 수 있는 과감함도 나올 테고요.

좋은 큐레이션을 위한 자신만의 작업 방식과 태도가 궁금합니다.
디제이로서 현장 디제잉이 아니라 완벽히 짜인 믹스셋을 만드는 거라면, 일단은 제가 어떤 스타일을 보여 주고 싶은지 먼저 생각할 거예요. 이전 질문에서 얘기했던 것처럼 한 장르만 이어가는 너무 직설적인 스타일보다는 여러 가지가 섞여 있는 것을 구상하겠죠. 잘 섞이지 않을 수도 있겠지만 최대한 잘 섞어 내려 하는 것이 저의 스타일적인 고민이 될 겁니다.

다음으로는 퀄리티에 대한 고민을 시작해요. 방향성에 대한 생각이 끝났으니, 일차적으로 레코드를 고르고요. 이제부터 각 음악의 퀄리티를 선별하는 단계에 들어가는 것이죠. 지금 머릿속으로 그리고 있는 스타일 안에서 이 노래는 정말 좋은 노래인지? 어느 정도로 좋은지? 자신에게 계속 질문하면서 리스트를 구성합니다. 물론 디제이의 믹스셋은 흐름이 중요하므로 맥락상 틀고 싶었던 좋은 노래를 선택하지 못하는 경우도 종종 생겨요. 그렇지만 저의 구성을 통해 궁극적으로 전달하고 싶은 이야기는 무엇인지가 핵심인 만큼 어울리지 않을 땐 과감히 빼는 편이에요.

활동 영역을 보면 '현장 반응'이 중요한 곳이 있고(파티/행사), '불특정 다수의 소비자' 대상으로 배포하는 콘텐츠가 있어요(기사, 믹스셋). 이에 따라 큐레이션에 대한 접근법도 매우 달라질 것 같아요.

물론 클럽에서 틀 때는 얘기가 달라요. 보러 온 관객들을 신나게 움직이게 할 의무가 있으니까요. 그러니 즉흥성이 상당히 큰 부분을 차지하고요. 그게 재미있기도 해요. 사실 클럽은 현장 그 자체라서 계획이 거의 불가능해요. 제 앞 타임의 DJ가 어떻게 음악을 틀고 있을지도 모르고, 사람이 몇 명 있을지도 알 수 없어요. 레코드판 위주로 음악을 트는 DJ라면 더더욱 대처가 어려워요. 이미 가져간 것들을 기반으로 뭐든 해야 하죠.

그래서 현장성이 강조되는 곳에서는 치밀한 계획보다는 여러 가능성을 열어 두고 대처하는 편이에요. 애초에 미리 셋을 짜가는 걸 좋아하지도 않지만, 셋리스트를 계획했다 해도 막상 클럽에서는 제 앞 타임에서 훨씬 센 음악들이 나올 수도 있거든요. 그럴 때는 가져온 레코드의 뒷면의 덥(Dub)이나 리믹스를 뒤져 보곤 해요. 또는 현장에 준비된 CDJ를 이용하기도 하죠. 가져온 USB를 삽입하면 바로 음악을 틀 수 있으니까. 첫 2~30분 정도 그렇게 진행하면서 서서히 제가 의도했던 분위기를 가져오고 난 뒤 원래 준비했던 음악을 틀기도 해요.

지난 몇 년간 수많은 플레이리스트와 각종 음악 큐레이션 콘텐츠가 생겨났어요. 혹자는 '모두가 큐레이터인 시대'라고도 표현하는데, 이에 대한 생각이 궁금해요.

간단히 얘기하면 '모두가 큐레이터인 시대는 맞지만, 훌륭한 큐레이터는 될 수 없다.' 정도의 입장이에요. 진입장벽이 높다고 보기도 어렵죠. 플레이리스트를 만드는 게 특별한 스킬이 필요한 일은 아니니까요. 하지만 모두가 할 수 있는 일이기 때문에 잘하는 사람이 더 돋보일 수 있는 분야라고 생각해요. 기술을 연마해야 하는 건 아니지만, 반대로 말하면 그만큼 가지고 있는 콘텐츠가 뛰어난 사람이 평등한 기술적 토대 위에서 더 돋보일 기회가 생길 수도 있으니까요. 종종 기술적으로 그럴싸하게 만들어져 있으면, 자연스럽게 그 알맹이까지 좋다고 여기는 경우도 있잖아요. 글쓰기도 비슷하다고 봐요. 누구나 글을 쓸 수 있지만 정말 잘하는 사람은 돋보이죠.

'콘텐츠의 범람'이라는 말이 이상하지 않을 정도로 눈을 뜨면 새로운 게 넘쳐나는 시대를 살고 있어요. 대부분은 스쳐 지나

가듯 소비되고요. 그 와중에도 잘하는 큐레이션은 다르게 느껴질까요?

물론 성공을 장담할 수는 없어요. 좋은 퀄리티를 구성하는 요소를 보면 한 번에 드러나지 않는 것들이 더 많으니까요.

요즘 바이닐 레코드 열풍이잖아요. 많은 사람이 취미로 레코드를 수집하고 있고 동네마다 레코드 바가 생겨나고 있어요. 비슷한 환경 속에서 경쟁을 시작하지만, 각 공간을 구성하는 콘텐츠는 다 달라요. 이 중 어떤 것이 좋은가? 객관적으로는 말할 수 없는 얘기들이죠. 개인의 주관과 감각이 개입될 수밖에 없어요. 하지만 이 문화를 사랑하고 즐겨 온 사람들의 취향과 애호가 모였을 때, 저는 그것이 문화를 이끄는 동력이자 기준점이 된다고 생각해요. 그래서 그게 느껴지는 사람이 운영하는 레코드 바가 단연 돋보일 수밖에 없는 거예요.

로컬 DJ이자 큐레이터로서 다른 큐레이션 콘텐츠를 접하면서 느끼는 생각이 궁금해요.

각 큐레이터만의 개성과 재미가 플레이리스트에 조금 더 드러나면 좋을 것 같아요. 조금 더 모험적인 큐레이션이 늘어났으면 하고요. 편안하게 음악을 듣다가도 갑자기 누군가 궁금함을 느낄 수 있게. 어떤 플레이리스트를 듣는 백 명 중 단 세 명이라도 궁금해서 그다음을 한 번 더 찾아보게 되는 감상을 원할 수 있잖아요. 그런데 큐레이터가 그런 맥락이나 재미를 전혀 숨겨놓지 않았다면 다들 바쁜 요즘 같은 때, 해당 플레이리스트 너머로 소비자를 유입하는 게 쉽지는 않겠죠.

사람들이 원하는 콘텐츠를 적시에 제공하는 것도 중요하지만, 그 사람들을 자신의 세계로 끌고 올 수 있는 맥락을 좀 더 설계하면 좋겠어요. 단번에 읽히진 않을 거예요. 그렇지만 발견한 누군가에게는 인생에 남는 순간이 될 수도 있어요. 자신을 큐레이터로 명명한다면, 그 정도의 주인 의식은 가지고 있으면 좋겠어요. 사람들이 원하는 것 위주로 제공하겠다는 철학도 좋아요. 하지만 그게 있다면 이것도 있어야 하는 것 아닐까요? 결국 큐레이션의 목적은 선별 및 설명과 동시에 해당 주제에 대한 더 큰 흥미를 유발하고, 그럼으로써 자신이 속한 영역의 규모를 키우거나 깊이를 더하는 데 도움을 주는 것이 아닐까 싶거든요.

평소 영감을 주는 채널이나 콘텐츠가 있다면 무엇이 있을까요?
쉴 때는 오히려 제가 하는 것들과 무관한 콘텐츠를 자주 보면서 머리를 쉬는 편이에요. NBA를 즐겨 보는데 특히 해설위원들이 여러 방면에서 활약하는 ESPN의 경기 후 콘텐츠나 NBA on TNT의 〈Inside the NBA〉를 좋아해요.

지금의 커리어를 걷기까지 가장 큰 영향을 준 사람들이 궁금합니다.

두 명을 얘기하고 싶네요. 첫 번째로 아트 디렉터, 그래픽 디자이너 등으로 활동하는 손문. 제 사촌 형이에요. 제 청소년기의 음악적 자양분을 심어 준 사람이죠. 고등학교 때 처음 힙합이라는 음악에 흥미를 느꼈을 때, 형은 이미 듀스의 큰 팬이면서 힙합, 알앤비, 소울 등에 대해 많이 알고 있었어요. 귀한 CD도 많이 빌려줬고 (레코드를 사러) 회현 지하상가에 저를 처음 데리고 갔던 것도 형이었고요. 당시에는 인터넷이 아주 발달했던 시절이 아니라 정보가 제한적이었는데 그런 면에서 사촌 형 같은 사람이 가까이 있다는 게 좋았죠. 두 번째로는 GQ에서 일할 때 만난 선배인 정우영 에디터. 일하면서 정말 많이 배웠고 개인적으로는 최고의 에디터라고 생각해요. 지금은 프리랜서로 활동하며 삼각지에서 바 Echo를 운영하고 계시는데, 그분이 음악을 대하는 태도에서도 많은 영향을 받았죠. 제가 DJ 활동을 시작하는 데도 선배의 영향이 컸고요.

돌이켜 보면 뭔가를 하게 되는 용기는 가까운 사람 때문에 생기는 것 같아요. 정우영 선배가 해 준 말이 오래 남아 있는데 선배 말처럼 결국 "다 친구들 때문에 하게 되는 거." 같네요.

전혀 예상하지 못했던 방향으로 커리어를 확장하고 있어요. 그

어떤 것도 예측할 수 없는 시대 속에서 지켜 가는 자신만의 원칙이 있다면?

경력을 펼쳐 나가는 것에 대한 관점에서는 유연하게 움직이되 중심을 잃지 않는 것이 중요한 것 같아요. 계속 스스로 확인을 하는 거죠. 나의 중심은 어디일지. 예를 들어 다음 행보를 위한 발걸음을 두 발 옮겼어요. 그렇다면 옮기기 이전의 나는 어디에 있었는지, 어떤 마음가짐이었는지를 항상 기억해야 하죠.

음악에 비유한다면 내가 뭘 듣다가 여기까지 왔는지, 어떤 연결고리에 이끌려 여기까지 왔는지 항상 기억하고 확인해야 한다고 생각해요. 어떤 행보를 선택하든 맥락과 명분이 있어야 하는 타입이에요. 그 외엔 항상 고마웠던 사람들과 미안했던 사람들을 잊지 않으려고 합니다.

"선곡은 하나의 앨범과
같아야 한다고 생각해요."

리플레이
(LEEPLAY)

리플레이는 일상에서 강한 영감을 얻는다. 사진으로 순간을 담고, 느낀 기분과
감정에 맞는 음악을 세심하게 고른다. 그의 유튜브 채널 속 플레이리스트는 놓
치고 싶지 않은 순간을 담은 사진첩인 동시에 각자의 좋았던 기억을 불러일으
키는 음악 앨범이기도 하다. 포토 캘린더, 팝업 스토어 등 다양한 협업으로 자
신의 브랜드를 키워 가고 있는 그의 스토리가 궁금했다.

시작에 앞서 간단한 자기소개 부탁드려요.

안녕하세요 플레이리스트 유튜버 리플레이(LEEPLAY)입니다. 제가 직접 찍은 사진과 평소에 좋아했던 노래를 믹스해서 플레이리스트를 제작하고 있고요. 본업은 마케터인데 플레이리스트 채널도 함께 운영하고 있어요.

즐겨 듣던 채널의 주인공을 만나게 되어 반갑습니다. 처음 음악을 선곡하고 추천하기 시작한 때는 언제였나요?

제 음악 추천의 역사는 싸이월드 시절로 거슬러 올라가는데요. 제가 고른 좋은 노래를 어떻게 알릴지 고심하면서 미니홈피의 거의 모든 기능을 활용했어요. 도토리로 음악을 사면서 제 홈피 대문의 배경 음악의 순서를 고민하기도 하고, 게시판이나 다이어리 메뉴를 통해 친구들에게 선곡 리스트를 공유하기도 했어요. 싸이월드부터 유튜브까지. 채널만 달라졌을 뿐 저는 항상 사진과 음악을 주변에 나누던 사람이었죠.

싸이월드 시절이 취미의 느낌을 준다면 지금의 유튜브 채널 활동은 확실한 부캐의 인상을 줍니다. 본격적으로 플레이리스트 채널을 개설하게 된 계기가 궁금합니다.

싸이월드와 유튜브 사이에 인스타그램을 한창 사용하던 시절이 있

었어요. 당시에는 사진과 음악, 두 개의 계정을 가지고 있었죠. 팔로
워가 늘어 가고 제가 올리는 포스팅에 대해 좋은 반응이 오면서 채
널을 성장시키는 재미를 느끼고 있었어요.

그러다 사진과 음악을 함께 추천할 방법이 무엇일까 고민하기 시작
했습니다. 사진도, 음악도 업로드하고 싶은 것들이 너무 많았거든
요. 어느 정도 정제된 포맷으로 둘을 함께 올릴 채널을 찾다 유튜브
에 눈길이 간 것이죠. 이미 좋은 반응을 얻고 있던 때껄룩, 에센셜
(essential;) 등의 플레이리스트 채널을 접하면서 좋은 자극을 받았
어요. 멋진 컨셉이라고 느끼면서 동시에 어떤 부분은 제가 새롭게
잘할 수 있다는 생각이 들어서 저만의 채널을 만들었습니다.

**음악과 사진이 둘 다 강조되는 플레이리스트 채널이라는 점이
홍미롭습니다. 직접 찍은 사진을 섬네일(Thumbnail)로 활용하
고 있는데 두 분야에 빠지게 된 계기가 궁금합니다.**

둘 다 거의 동시에 좋아하기 시작했던 것 같네요. 어릴 때는 막연하
게 아이돌이나 팝 음악을 좋아하면서 지내다 중학교 때 브라운 아이
드 소울의 데뷔 앨범을 접하면서 본격적으로 빠져 들기 시작했죠.
창작보다는 듣는 것을 좋아했어요.

사진의 경우 아버지가 선물로 사 주신 카메라를 가지고 놀면서 입문
했던 것으로 기억해요. 일단은 많이 찍어 보고 사진작가 분들의 작

업을 참고하면서 배웠어요. 고가의 렌즈를 추구하기보다는 다양한 기종을 써 보면서 색감을 조정하는 편이에요.

대학생 때 MT를 가면 흔히 친구들 사진을 찍어 주는 카메라맨 역할이 저였습니다. 돌아보면 어릴 때부터 사진이나 영상 기반의 뭔가를 만드는 것을 좋아했어요. 보고서보다는 PPT에 가까운 시각적인 콘텐츠를 선호하고 제작했던 경험이 지금의 결과물에 많은 영향을 준 것 같습니다.

그렇다면 리플레이의 세계 속 '사진과 음악'의 관계는 무엇일까요?

기본적으로 저는 다른 사람의 추천을 받기보다는 저의 세계를 다른 사람들에게 공유하는 성향이에요. 친구들 사이에서의 저는 항상 좋은 음악을 공유하거나 어디를 갈 때마다 사진을 찍어서 나눠 주는 사람이거든요. 저의 취향과 세계를 공유하는 매개체로서 음악과 사진이 언제나 함께했고 둘 사이의 특별한 구도가 있진 않아요.

'잊고 지냈던 좋은 순간'을 선명하게 하고자 하는 취지가 인상적이었어요. 단순히 뭔가를 추억하거나 회상하는 것과는 조금 다른 결 같았거든요.

돌이켜 보면 저는 사진을 찍거나 보던 순간에 항상 음악을 듣고 있었어요. 지금도 사진을 보면 당시의 감정과 들었던 음악이 되살아

나거든요. 음악을 들어도 그때 사진을 찍던 날들과 여행을 다니던 추억이 생생하게 떠오르고요. 제가 느낀 것을 직접 찍은 사진의 감성과 그에 맞는 음악으로 결합하면 보시는 분들에게 좋은 의미와 색다른 기억으로 다가갈 것 같았어요.

재생 목록의 구분이 흥미롭습니다. 많은 플레이리스트들이 일반적인 무드(파티, 워크아웃, 칠, 스터디)를 골고루 커버한다면 리플레이의 목록은 비교적 차분한 무드에 선택과 집중을 했다는 인상이 강해요.

채널을 만들게 된 취지가 제가 좋아하는 음악과 사진을 믹스해서 보여 주는 데 목적이 있어요. 저의 취향과 감정을 집대성한 공간인 만큼 자연스럽게 저를 가장 잘 드러낼 수 있는 몇몇 카테고리로 좁혀진 것 같아요.

가령 '비 오는 날'의 기획은 제가 가장 음악을 많이 듣는 순간이 언제냐는 의문에서 출발했어요. 비가 올 때, 카페에서 시간을 보낼 때, 조용히 와인을 한잔할 때 등의 여러 순간이 떠오를 때, 제 머릿속에 있는 칠(chill)하고 감성적이며 조금은 우울한 음악들과 매칭을 하면서 컨셉을 구체화하는 식이죠.

전반적인 플레이리스트 제작 과정이 궁금합니다.

때에 따라 달라요. 출발점이 사진이 될 수도, 음악이 될 수도, 때로는 끄적거린 메모일 수도 있어요. 대략적인 주제와 상황을 설정한 뒤 이에 맞는 음악을 고릅니다. 예를 들어 '샤워'라는 키워드로 시작하면 떠오르는 음악을 쓰고 있는 각 스트리밍 플랫폼의 라이브러리에 전부 저장해 놓습니다. 이후에 다시 들어보면서 추려내고 흐름에 맞게 재배열하는 식이죠. 만약 우연히 들었던 음악에 기초해서 기획과 작업에 들어간다면 잘 어울리는 사진을 최종적으로 선정하고요. 비유하자면 꼬리에 꼬리를 무는 식의 작업 방식이라고 할 수 있어요.

종종 브랜드 협업 문의를 받아요. 외부 제안이 들어올 때는 최대한 진심으로 작업에 임합니다. 해당 브랜드를 제가 잘 이해하고 있어야 좋은 협업 결과물이 나올 수 있고 사용자도 이를 광고로 느끼지 않을 거로 생각해요.

최종적으로 플레이리스트가 완성되려면 결국 평소 모아 둔 많은 곡에서 골라야 하는군요. 선곡을 위한 리플레이만의 원칙이 있나요?

저는 선곡이 하나의 앨범과 같아야 한다고 생각해요. 흐름이 끊어지면 안 되거든요. 첫 곡과 마지막 곡이 동등하게 중요한 만큼 광고성 선곡이 중간에 들어가면 몰입이 깨져요. 돈보다는 취미로 시작했던 만큼 제가 생각하는 완성도의 기준에 최대한 맞추려고 합니다. 철저하게 저 자신에게 집중해서 작업하는 스타일인 만큼 타인의 추천과 제 안의 기준을 섞지 않으려고 해요.

만드는 플레이리스트와 실제 음악 취향 간의 관계가 궁금합니다. 가령 제가 플레이리스트 제작을 위해 선곡을 할 때는 대중을 위한 콘텐츠라는 목적하에 제 취향은 가급적 드러내지 않고 작업하는 경우도 종종 있거든요.

저는 제 음악 취향을 플레이리스트에 아주 많이 반영하는 편이에요. 모두가 아는 대중적인 사람들보다는 약간 마이너한 감성의 뮤지션을 많이 찾는 성향이에요. 비유하면 '나만 알고 싶은 가수'들에 꽂혀서 이분들을 내가 추천하고 알리겠다고 결심했어요. 그 마음이 한 아티스트에게 집중해서 플레이리스트를 제작하는 기획으로 이어졌죠. 철저하게 제가 좋아하는 취향 위주로 콘텐츠를 제작하고 있기 때문에 채널의 전반적인 컨셉이나 브랜드를 일관성 있게 유지할 수 있다고 생각해요.

한 아티스트에만 포커싱하고 만드는 'The Artist' 플레이리스트 시리즈가 유독 기억에 남아요. 이 중 Cigarettes After Sex를 선정하고 제작한 편은 무려 1100만 이상의 조회수를 기록하기도

했고요. 다양한 아티스트들의 곡을 선곡하는 기존의 시류와 정 반대를 택한 계기가 궁금해요.

음악을 들을 때마다 이 아티스트의 곡은 어떤 뮤지션과 잘 어울릴지 제 나름대로 다양한 조합을 상상하고 기록하는 것을 좋아해요. 예전에 만들었던 것 중에서 죠지와 기리보이의 음악으로만 구성한 플레이리스트가 좋은 예시겠네요.

두 분 다 다양한 분위기의 음악을 만드는 아티스트지만 즐겨 듣는 제 입장에서 약간 차분하고 감성적인 바이브가 공통 분모로 삼기 좋더라고요. 그에 맞는 사진의 이미지와 톤도 자연스럽게 떠올랐고요. 즉 '사진-무드-아티스트', 이 세 가지 조합이 시너지를 이루는 방향으로 기획을 하면서 점차 한 아티스트에게 집중하기 시작했어요. 유명세보다는 제 기준에서 '이 사람의 음악은 무조건 들어 봐야 한다.'고 느꼈던 아티스트를 선정합니다.

일부 뮤지션의 경우 플레이리스트가 공들여 만든 앨범의 구성미를 해친다고 비판한 적이 있어요. LEEPLAY 님의 경우 한 아티스트에 집중하는 동시에 다양한 곡을 자신만의 맥락으로 재조립해서 또 하나의 앨범을 듣는 듯한 경험을 선사하는 것이 흥미롭습니다.

사실 플레이리스트를 만들 때 기존의 앨범들을 많이 참고하는 편이에요. (아티스트의) 앨범 트랙리스트부터 공연 세트리스트까지 다양하게 들여다보면 제가 발견하는 나름의 흐름이 있거든요. 가사, 제작 과정 등의 맥락보다는 분위기 그 자체에 집중해요. 제 채널의 소비자층은 저처럼 음악을 캐주얼하게 많이 듣는 사람들이거든요. 플레이리스트는 결국 배경이 되어 주는 콘텐츠에요. 저도 작업 등 뭔가를 할 때 주로 틀어 놓고요. 들어 주는 사람들이 각자 뭔가를 하고 있을 때 이를 방해하지 않고 자연스럽게 배경 음악으로서 기능하는 게 덕목이라고 봐요.

만약 사용자가 구성한 플레이리스트를 듣는 중 자신의 취향에 딱 맞는 음악을 발견하고 하던 일을 멈추고 검색을 시작해요. 좋은 음악과 별개로 (리플레이의 기준에서) 좋은 플레이리스트라고 할 수 있나요?

답을 먼저 얘기하면 '그렇다'입니다. 플레이리스트에 대한 호감도를 해치지 않으면서 해당 아티스트에 대한 관심이 깊어졌기 때문에 기획 의도에 부합한다고 볼 수 있죠. 반면 개별적으로 좋은 곡들이더라도 뜬금없이 신나는 노래가 나오는 것은 안 좋은 사용자 경험의 예시라고 생각해요. 칠(chill) 하고 감성적인 콘텐츠를 클릭하고 몰입하다 급격하게 (원치 않는) 분위기로 전환되기 때문입니다.

플레이리스트를 만들면서 느꼈던 어려움이나 고민이 있나요?

음악과 사진, 두 가지를 동시에 신경을 쓰는 만큼 아무래도 고민되는 지점이 많죠. 가령 음악의 경우 선곡과 흐름에 공을 많이 들이는데요. 평소에 틈틈이 작업을 했지만 밤에 최종 작업을 할 때 또 새로운 감성이 영향을 줄 때가 있어요. 그러면 새벽까지 고생을 하게 되죠. 사진은 톤과 비율이 매우 중요해요. 같은 사진이라도 약간의 비율 차이가 전혀 다른 느낌을 주거든요. 그러면 어떤 시안이 가장 잘 맞는지 고민하다 또다시 새벽이 되죠. (웃음) 더 나은 결과물을 위한 가치 있는 고민의 시간이라고 생각합니다.

그 외에 어려움은 아직까지는 크게 없어요. 흔히들 스트리밍 시대 속 사람들이 음악을 빠르게 듣고 넘긴다는 점을 우려하는데요. 반대로 얘기하면 듣고 넘긴 그 짧은 부분은 사람들이 본능적으로 반응한 구간이거든요. 제가 곡을 빠르게 듣다가 일부분에서 어떤 강한 느낌을 받았다면, 듣는 사람도 함께 느낄 것으로 생각해요. 아직 공개하고 싶은 제 안의 콘텐츠가 너무나 많기 때문에 여전히 재미있게 작업하고 있습니다.

음악은 장소와 시간만큼이나 듣는 자신의 컨디션도 중요한 것 같아요. 최적의 선곡을 위한 자신만의 관리나 노하우가 있나요?

일단 혼자 있는 시간을 확보하는 것이 중요해요. 집을 떠올리기 쉬운데 오히려 유튜브를 보거나 방을 정리하는 등 온전히 음악을 듣기에 집중력이 떨어지기 쉬운 환경이에요. 그래서 저는 출퇴근 시간을 루틴으로 활용해요. 아무래도 퇴근 시간에 듣는 음악이 좀 더 와닿고 여러 아이디어를 떠올리기 좋아요. 하루의 끝에 약간의 피로함과 함께 집으로 향하니까요. 실제로 경험하는 만큼 플레이리스트에 담아내는 감정의 밀도도 더 깊어지는 것 같아요.

70만 명이 넘는 구독자를 보유한 채널로 성장했어요. 처음 만들면서 생각했던 취지나 운영 방향 등에 변화가 있었나요?

시작할 때 재미를 중점에 두었던 것은 맞지만 채널의 성장과 함께 계속 새로운 시도를 하는 것도 자연스러운 흐름인 것 같아요. 제 본업이 마케터인 만큼 저라는 사람의 브랜딩을 어디까지 할 수 있을지 궁금하거든요.

그때나 지금이나 변하지 않는 목표는 제 사진을 더 많은 사람에게 알리는 것이에요. 제 취향과 작업 철학이 담긴 사진이 사람들에게 반응을 얻는다면 저의 브랜드 안에서 무엇이든 팔 수 있겠다고 생각했죠. 그래서 새로운 구독자들이 많이 유입될수록 오히려 제가 정말 하고 싶은 것이 무엇인지 집중하고 있어요. 더 많은 구독자를 의식하고 제가 (맘속으로) 내키지 않는 것을 시도한다면 결국 제 채널의 코어 사용자들이 조금씩 떠나갈 거예요.

틱톡의 영향으로 유튜브도 점차 쇼츠(Shorts)를 위시한 짧은 동영상의 소비가 늘어나고 기존의 시청 지속 시간이 하락하는 추세예요. 이런 외부 요인이 현재의 채널에 영향을 주고 있는 부분이 있을까요?

말씀하신 것처럼 숏 플랫폼으로 인해 시청 지속 시간이 하락하는 트렌드는 있지만, 자세히 들여다보면 숏 콘텐츠와 플레이리스트는 주 시청층이 달라 직접적인 영향을 받지 않는다고 생각해요. 애초에 플레이리스트 채널은 스마트폰을 계속 들여다보면서 보는 콘텐츠가 아니거든요. 그래서 숏 콘텐츠를 즐겨 보는 사람일지라도 공부, 운동, 파티 등의 BGM 역할을 해 주는 플레이리스트 채널을 계속 소비하고 있다고 봅니다.

그런데도 제 채널의 구독자 수와 지속 시간 등이 예전 같지는 않아요. 최근에 다양한 플레이리스트 채널이 많아진 것도 원인이 될 수 있겠죠? 플레이리스트 채널이 대부분 유사한 콘텐츠(사진, 음악, 섬네일 등)로 구성되다 보니 구독을 할 만한 차별화된 포인트가 많지 않다고 느껴요. 이제는 예전처럼 플레이리스트를 무작정 많이 만들면 되는 시대가 아닌, 플레이리스트를 기본적인 툴로 하되 자신만의 것을 구축해 나가는 것이 필수라고 생각합니다.

제 채널의 색이 음악과 사진의 결합이기 때문에 이를 숏 플랫폼으로 활용하여 새로운 콘텐츠를 만들어 볼 수도 있고요. 결은 비슷하지만, 완전히 다른 콘텐츠를 만들어 나가면서 발전시키는 것도 방법일 것 같습니다. 최근에 인스타그램으로 새로 시작한 집 꾸미기 콘텐츠(@leeplay.at.home)도 이런 방향의 한 줄기인데요. 앞으로 어떤 콘텐츠든 리플레이(LEEPLAY)의 이미지가 떠오르도록 지속해 노력해 나갈 예정입니다.

포토 캘린더 펀딩 프로젝트, 팝업 스토어 기획 등 플레이리스트를 기반으로 한 다양한 프로젝트를 진행해 왔어요. 플레이리스트가 온라인을 넘어 다양한 형태로 소비자들에게 전달되는 것이 인상적이었습니다.

협업 제안이 들어오면 제일 먼저 하는 일은 해당 브랜드를 면밀히 조사하는 거예요. 톤 앤 매너부터 주 사용자층까지 파악하면서 제 채널과 잘 어울릴 수 있을지 봅니다. 요즘은 SNS 시대인 만큼 각자의 계정에 이 협업이 올라간다면 어떤 그림일지도 그려 보고요.

또한 이 브랜드의 소비층이 과연 리플레이의 콘텐츠를 좋아할지 자문해요. 좋아한다면 제 채널의 미래 구독자가 될 수 있고 해당 브랜드의 새로운 시도를 긍정적인 경험으로 인식할 수 있겠죠. 시간이 많이 걸리는 고민일수도 있지만 상호 간 시너지가 완벽해야 지속적으로 좋은 제안이 들어올 수 있다고 봅니다.

평소 영감을 얻는 원천이나 즐겨 보는 콘텐츠가 궁금합니다.

특정한 작품보다는 일상의 순간에서 강하게 영감을 받아요. 퇴근길이 좋은 예인데 제가 경험하는 순간들을 장면별로 기억해 둔 다음 작업에 반영하는 식이죠.

좋아하는 영화를 반복해서 보는 것을 선호해요. 미셸 공드리감독의 작품을 굉장히 좋아해서 〈이터널 선샤인〉은 열 번 이상 봤던 기억이 있어요. 장르에 상관없이 너무 무겁지 않은 접근과 영상미에 꽂히는 것 같아요. 사진이 취미인 만큼 제가 보는 영화의 미장센을 통해서도 많은 영향을 받고 있습니다.

이 채널을 기반으로 한 향후 계획은 어떻게 되나요?

채널의 차별화를 많이 고민하고 있고 새로운 아이디어를 지속적으로 실행하려고 해요. 하나의 비즈니스가 성공하면 금세 패스트 팔로워들이 생겨나듯이 플레이리스트 채널도 마찬가지거든요. 처음에는 제가 찍은 사진을 이미지로 사용하다 점차 제 채널만의 섬네일로 발전시킨 것도 비슷한 이유예요.

하나의 콘텐츠가 명확하게 스타일이 잡히면 자연스럽게 확장될 수 있다고 보는데요. 제 채널 안의 아트워크가 정립되면 이를 기반으로 엽서, 캘린더 등 기존에 제작해 왔던 굿즈를 확장하고 더 많은 브랜드 협업을 하고 싶습니다.

고르고 권하는
일을 합니다

큐레이션 사업자

"좋은 큐레이션을
인지하기는 쉽지 않지만
나쁜 큐레이션은
바로 알아챌 수 있어요."

이지영

이 글을 읽는 당신에게 선곡 제안이 들어온다고 가정해 보자. 일반 플레이리스트와 유사한, 적으면 20~30 곡에서, 많게는 40~50곡 정도를 떠올릴 확률이 높다. 그런데 최소 몇백 곡에서, 많게는 몇천 곡을 정교하게 골라야 하는 사람들이 존재한다는 사실을 아는가. 클라이언트를 위한 대규모의 큐레이션은 무엇이 다를까. 음악 큐레이션 회사를 운영하며 기업들과 다양한 선곡 프로젝트를 진행하는 이지영 대표를 만났다.

반갑습니다. 간단한 자기소개 부탁드려요.

안녕하세요. 주식회사 여덟번째별의 대표 이지영입니다. 음악 큐레이션 회사라고 하면 흔히 선곡을 떠올리게 되는데요, 그 외에도 음악 관련 카피라이팅과 번역, 그리고 메타데이터 관련 업무도 하고 있습니다. 클라이언트를 위한 일을 하는 B2B 특성상 대중에게는 생소할 수 있겠네요.

처음 음악에 빠지게 된 순간이 궁금합니다. 당시에도 음악 추천에 취미가 있었나요?

중학교 때부터 라디오를 끼고 살았어요. 좋은 노래가 흘러나오면 가사를 적어 가며 외우던 팝송 키드였죠. 어릴 때는 혼자 열심히 듣는 정도였지만, 자라면서는 본격적으로 좋아하는 음악을 카세트테이프에 녹음해서 친구들에게 나눠 주곤 했어요. 직장을 다닐 땐, CD를 구워 케이스까지 디자인하는 식으로 확장했고요.
영화 〈가디언즈 오브 갤럭시〉를 보면 주인공의 Awesome Mix가 과거와 현재를 이어 주는 링크이자 중요한 정체성이잖아요? 누구에게 어떤 무드의 음악을 만들어서 주느냐가 저의 중요한 취미였어요.

제일기획 오디오 PD로 일하셨던 것으로 알고 있어요. 당시 선곡 및 오디오 연출 경험에 대해 듣고 싶습니다.

지금은 광고 대행사에 존재하지 않는 직군으로 알고 있어요. 당시에는 회사에서 오디오팀을 두고 있던 만큼, 공채로 입사해서 직무 교육을 받을 수 있었죠. 오디오 PD로 먼저 일하고 계셨던 대학 시절 선배 덕분에 이런 직업이 존재한다는 것을 알고 준비할 수 있었어요.

예를 들어 광고 기획안과 콘티가 나온 상태라고 해 보죠. 어떤 형태의 광고이든 오디오는 필수로 들어가겠죠? 오디오 PD는 주로 대행사의 크리에이티브 디렉터, 해당 광고 감독과 협업해서 일하는데요. 배경 음악을 골라서 사용할지, 시엠송을 제작할지 등의 방향을 잡은 후, 그걸 실행하기 위해 다양한 실무를 진행합니다. 오디오를 어떻게 갈 것인가 방향이 정해진 뒤의 녹음도 굉장히 중요한데요. 녹음실 엔지니어와 함께 의견을 나누며 음악, 멘트, 음향 효과를 믹싱하며 여러 오디오 요소를 조화롭게 만집니다.

어떤 면에서는 드라마 음악감독 같은데 차이점은 무엇인가요?

직무 설명을 들으면 그렇게 느끼실 수 있습니다. 드라마 쪽 음악감독님들이 주로 드라마 삽입 음악을 프로듀싱하고 제작한다면, 오디오 PD는 사운드 이펙트나 성우 선정까지 포함한 광고 오디오 전체를 프로듀싱하는 일입니다. 또 선곡할 땐 저작권료도 고려해야 하죠. 이런 디테일까지 챙기려면 전반적으로 복잡다단하고 팀워크가 중요한 직업입니다. 요즘 단어로 표현하면 오디오 PM(프로젝트 매니저)에 더 가까운 것 같아요.

광고업 안에서의 선곡 작업은 어떤 식으로 진행되나요?

광고 음악 선곡은 상당히 특이한 지점이 있어요. 요즘의 유튜브 플레이리스트들이 다양한 곡을 자신만의 맥락으로 재배열한 것이라면, 광고에서 쓰이는 음악은 단 한 곡입니다. 소비자가 접하는 광고 속의 음악이 되기까지 엄청난 양의 곡을 듣고 고른 후, 토론, 편집과 녹음 작업을 해야 합니다. 물론 영상과 잘 맞아야 하고요. 그래서 최종적으로 한 곡을 선정하는 작업이 굉장히 힘들어요. 프로젝트에 참여한 사람들의 취향도 무시 못 합니다.

일단은 기획안, 콘티 상태에서 선곡을 먼저 한 뒤 이견을 조율합니다. 이후 녹음실에서 편집 작업에 돌입해요. 이때 여러 시안과 곡들을 다양하게 붙여 보고 편집하면서 감을 봅니다. 같은 장면이라도, 어떤 음악이 들어가냐에 따라 분위기가 완전히 달라져요. 이후에도 많은 수정 작업이 들어가는데, 그동안 반드시 해야 하는 일이 있어요. 바로 저작권료 해결입니다. 광고 영상은 시사가 끝난 후 온에어가 빨리 되기 때문에 작업하면서 음악 저작권료를 같이 알아봅니다.

PD의 커리어를 쌓아 가던 중 뮤직 큐레이션 회사 대표가 된 배경이 궁금합니다. 특별한 계기가 있었나요?

사실 제가 설립한 회사는 아니고 이전 대표님이 계세요. 프로젝트를 같이 하면서 알게 되었죠. 당시에도 주식회사 여덟번째별은 음악 큐레이션을 업으로 하는 회사라는 명확한 컨셉이 있었습니다. 또 저는 광고 일을 오래 하면서 자연스레 새로운 일에 대한 니즈가 있었어요. 원체 좋아하던 음악을 접목해서 할 수 있는 일이 없을까 고민하던 중에 음악 스트리밍의 시대가 열린 거죠. 애플뮤직, 스포티파이 등의 플랫폼을 접하면서 이들이 제공하는 큐레이션에 큰 관심이 있던 차에 이전 대표님이 회사 인수 제의를 하셨어요. 제가 생각하는 방향의 음악 추천을 구체화해 보자는 생각에 인수를 결심했습니다.

선곡 외에도 카피라이팅, 번역 등의 비중이 높은 것이 특징이에요. 이런 편집(Editorial) 작업이 큐레이션과 가지는 연관성이 있을까요?

저는 카피와 번역 등의 작업도 음악 큐레이션의 일부라고 생각해요. 가령 저희가 음악 스트리밍 서비스를 위한 프로젝트를 진행한다고 하면, 플레이리스트에 들어가는 소개 글과 번역된 아티스트 인터뷰 같은 글도 유저를 위한 추천의 큰 부분을 이루죠. 그래서 저희는 단순히 텍스트 작업을 잘하는 사람을 고용하지는 않아요. 기본적으로 음악을 사랑하고 잘 알고 있어야 카피라이팅도, 번역도 잘할 수 있어요. 그래서 우리 회사는 직원을 뽑을 때도, 외부 작업자와 협업할 때도 언제나 물어봅니다. 어떤 음악을 좋아하고, 음악에 대해서 얼마나 알고 있는지를요.

의뢰인의 공간을 음악으로 정의해 주는 '뮤직 아이덴티티' 컨셉이 흥미롭습니다. 이미 어느 정도의 설계와 인테리어가 전제된 공간 속에 선곡을 결합하는 접근이 궁금해요.

공간 음악에 대한 컨설팅은 클라이언트의 의도를 명확히 파악하는 것에서 출발해요. 공간에 대한 선곡을 예로 들게요. 어떤 컨셉인지, 공간의 업종과 성격은 무엇인지, 그 공간의 어떤 위치에서 음악이 재생되는지 등의 정보에 따라 선곡의 결과물이 완전히 달라집니다. 의도를 명확히 파악한 후 선곡에 들어갑니다. 해당 공간과 소비자 간의 접점을 음악으로 만들어 주는 거죠. 또 시간대도 고려합니다. 시간별로 방문하는 소비자의 성향과 그때마다 느끼는 기분이 다르기 때문이에요. 이런 모든 요소를 고려하면서 선곡하려면 굉장히 까다롭습니다.

공간을 위한 음악을 고른다는 것은 일반적인 선곡 작업보다 훨씬 까다로울 것 같아요. 공들인 작업물의 첫인상을 결정짓는 중요한 요소이니 말이죠.

앞서 언급했듯이 양과 질을 동시에 충족시켜야 하는 일이라 어려워요. 매장과 공간은 사실 하루 종일 음악을 틀어야 하는 입장이잖아요. 그런데 곡 수가 부족하면 플레이리스트가 반복된다는 게 금방 티가 나 버립니다. 또 뮤직 큐레이터가 신경 써서 음악을 제공해도, 공간을 운영하는 분들은 듣던 곡을 계속 듣게 되니까 지겨워서 안 틀거나, 자기 장비를 연결해서 개인적으로 좋아하는 곡을 트는 경우가 많아요.

저희가 아무리 큐레이션을 잘해도 고객이 틀지 않으면 끝이잖아요? 일단은 지루하지 않도록 최대한 선곡의 양을 충분히 확보하면서 퀄리티도 신경을 써야 하죠. 시간대는 디테일하게 쪼개려면 끝이 없는데, 유동 인구의 움직임에 따라 두세 개 정도로 구분해 주는 편이에요.

관련 일을 하는 저조차도 대량의 선곡을 받는 경험은 사실 낯설어요. 예를 들어 1천 곡이 담긴 리스트를 받아서 본다면 1번부터 1000번까지 순서대로 작업자의 의도가 담겨 있나요?

저희는 대량의 선곡 작업을 할 때는 꼭 클라이언트에게 셔플(Shuffle, 임의 재생)로 틀어 달라고 부탁드려요. 선곡에 순서를 없애는 거죠. 사람의 뇌는 섬세해서 어느 공간에 있다 보면 거기서 나오는 음악을 안 듣는 것 같아도 다 듣고 있어요. 한 예로 미용실에 갔다고 생각해 볼까요? 커트, 드라이하고 마무리할 때 처음 들었던 음악이 다시 나오면 무의식적으로 벌써 시간이 이렇게 지났나 생각하거든요. 공간 음악의 경우, 선곡으로 새로운 느낌을 주려면 순서를 무너뜨려야 해요. 약간의 패턴만 발견해도 뇌가 바로 인지하니까요.

일반적으로 작업 의뢰를 받을 때는 자신의 권한과 소신을 어느 정도 덜어 내고 클라이언트가 원하는 바와 조화를 이루기 위한 노력을 하기 마련이에요. 큐레이터 개개인의 감과 센스가 중요한 선곡의 경우, 이 절충점을 찾는 노하우가 궁금합니다.

음악에 대한 취향, 그리고 이를 표현하는 방식이란 게 사실 아주 주관적인 거잖아요? 가령 클라이언트가 "신나는 음악으로 골라 주세요." 했다고 생각해 보죠. 이 한마디에도 무수한 해석의 여지가 있어요. 클라이언트는 신나는 파티 힙합을 생각하고 말했는데, 저는 업템포의 EDM으로 이해할 수 있죠.

그래서 명확하고 효율적인 소통이 필요해요. 제가 사용하는 방법은 샘플 곡을 미리 고르는 겁니다. 컨셉에 맞는 곡을 몇 개 골라서 사전에 공유하고 서로 맞게 이해하고 있는지, 같은 장르를 생각하고 있는지 확인하는 거예요. 이런 과정 없이 1천 5백 곡을 골라서 보내 버리면, 최악의 경우 처음부터 다시 작업해야 하는 상황이 올 수도 있어요.

뮤직 큐레이터의 실력을 볼 수 있는 또 다른 포인트는 약간의 잔재미를 심는 거예요. 미리 협의한 가이드라인을 바탕으로 일을 수행하는 동시에, 그 가이드라인 근처로 슬쩍 나가 이목을 끌 수 있는 포인트를 주는 겁니다. 너무 정공법으로만 가면 재미없으니까요. '이런 트랙까지 찾아서 배치했구나.' 하고 재미를 줄 수 있는 부분이 있고, 바로 그런 지점에서 그 큐레이터만의 개성이 생겨나는 것 같아요.

큐레이션을 업으로 삼으면서 겪는 어려움과 고민은 무엇이 있을까요? 큐레이터 개인이 다양한 플레이리스트 등의 콘텐츠를 제작하며 느끼는 피로와는 좀 다를 것 같다는 생각이 듭니다.

어떻게 보면 오디오 PD 시절부터 이어지는 맥락일 수도 있는데요. 제가 좋아하는 음악보다는 타인이 좋아하는, 좋아할 법한 음악을 고르고 준비하는 습관이 가끔 힘이 들 때가 있어요. 이를테면 좋은 음악을 들으면 그 노래를 즐기기보다 '이 곡은 후렴 부분 잘라서 광고에 넣으면 좋겠다. 멜로 장면에 쓰면 딱 맞는데?' 식의 생각이 먼저 드는 거죠.

다른 하나는 앞서 말했던 선곡의 분량 측면인데요. 대부분의 뮤직 큐레이터가 컨셉에 잘 맞고 자신의 실력을 제대로 담은 3, 40곡 정도의 플레이리스트는 잘 만들 수 있어요. 그런데 선곡할 양이 몇백, 몇천 곡의 스케일이 되는 순간부터 고민이 시작됩니다. 들어가야

할 곡이 너무 많으면 미리 정해 놓은 기준에 부합하지 않는 상황이 조금씩 생기거든요.

사실 대부분은 자신이 접하는 콘텐츠가 (누군가의) 추천을 기반으로 선택된 것임을 인지하지 못하고 스쳐 지나가는 경우가 많아요. 그 와중에도 좋은 음악은 다르게 느껴질까요?

다르게 느낄 수도 있지만, 오히려 일상에 자연스럽게 스며드는 쪽에 가까운 것 같아요. 제가 듣기론 스타벅스는 미국에서 선곡이 온다고 하는데요, 카페를 이용하는 사람들을 타겟팅해 적절하게 선곡한 사례라고 생각합니다. 언제 어느 시간대에 방문해도, 음악이 있는 듯 없는 듯 편안하거든요. 그렇지만 자세히 귀 기울였을 때 음악이 반복되거나 하는 무성의를 보이지도 않아요. 유튜버들이 스타벅스 선곡을 그대로 가져와서 플레이리스트를 만들기도 하더라고요. 집이나 공부하는 공간에서 스타벅스 분위기를 내고 싶은 거죠.

그렇다면 '좋은 큐레이션'이란 무엇일까요?

좋은 큐레이션이란 신선한 공기와 같다고 생각해요. 맑고 공기 좋은 곳에 있으면 사실 크게 좋은 점을 몰라요. 당연하고 편안해요. 하지만 미세먼지가 심한 날엔 바로 알 수 있죠. 기침도 나오고 머리도 띵하고…. 공기 좋았을 때나 장소를 기억해 내게 되죠.

큐레이션 사업자 이지영

좋은 큐레이션을 인지하기는 쉽지 않아도, 나쁜 큐레이션은 바로 알아챌 수 있어요. 평소 음악에 관심 없는 사람이라고 해도 비슷합니다. 안 듣는 것 같아도, 우리의 귀는 무의식적으로 소리를 잡기 마련입니다. "카페 인테리어는 정말 멋진데 나오는 음악은 진짜 성의 없고 이상하더라~." 하면 다시 안 가고 싶지 않나요?

말 그대로 음악으로 둘러싸인 삶을 살고 계세요. 쉴 때도 음악을 듣나요?

운전할 때 항상 음악을 듣는데, 보통은 애플뮤직의 플레이리스트에서 최신곡을 듣는 편입니다. 요즘 뭐가 나오나 항상 모든 장르를 뒤져 가며 듣고 있어요. 직업적으로도 그렇지만, 제가 호기심이 많은 사람인 것 같습니다. 하지만 머리가 복잡할 때는 로파이(Lo-Fi) 음악을 틀어 놔요. 우리 회사가 팝부터 케이팝(K-Pop), 클래식까지 다양하게 작업하기 때문에 클래식 음악도 많이 듣는데, 클래식은 편하게 듣다가도 어떤 부분에 이르면 감정이 확 쏠려 가서 진공 상태로 들을 수가 없더라고요.

큐레이션 사업자로서 앞으로의 계획이 궁금합니다.

B2B 작업을 많이 하는 특성상, 인터뷰에서 얘기할 수 없는 프로젝트들이 많은 점, 양해 부탁드려요. 흔히들 음악 추천으로 선곡을 떠

올리기 쉬운데 저희 여덟번째별이 그 외연을 넓히고 있다고 생각하고 있습니다. 음악을 사랑하는 사람들에게 이정표가 되는 일을 하고 있다고 생각해요. 그리고 그 툴로는 선곡뿐 아니라 글이나 여러 미디어도 포함됩니다. 내부적으로는 온라인/오프라인 통틀어 저희가 제공하는 추천의 완성도를 더 높이려고 해요. 선곡 프로세스나 카피라이팅의 고도화도 그중 하나가 될 수 있고요.

흔히 내가 좋아하는 일이 직업이 된다고 하면 후회할 일들이 생긴다고 해요. 이 일을 하면서 음악에 대한 마음이 어떤가요?

일을 하던 초기만 해도 '좋아하는 것이 일이 되었을 때'에 대한 스트레스를 많이 받았어요. 그때는 우스갯소리로 남이 골라준 음악이 세상에서 제일 좋다고 말하기도 했죠. 지금은 어느 정도 균형점을 잘 잡고 즐겁게 일하고 있어요. 클라이언트 업무가 공부해야 할 부분이 많은데, 전 그게 정말 재미있더라고요.

예전에 스포티파이가 데이터를 분석한 결과를 보면 대부분의 사람이 33세가 되면 새로운 음악을 찾지 않게 된다고 해요. 예전에 듣던 음악만 계속 듣는 거죠. 그런 걸 보면 전 좀 특이한 타입인 거 같아요. 아직도 새로운 음악이 궁금하고, 제가 잘 모르는 부분을 다룬 음악 다큐멘터리도 재미있더라고요. 어릴 적 마음에서 크게 변하진 않은 것 같아서 다행이라고 생각하고 있습니다.

고르고 권하는
일을 합니다

영상 시나리오 작가

"정말 좋은 음악은 우리를
귀 기울이게 하는 힘이 있어요."

김민주

추천은 기본적으로 애정에서 비롯된다. 좋아함이 없는데 굳이 세상에 나누는
수고로움을 감내할 이유가 있을까? 영상 시나리오 작가 김민주는 재즈로 인해
삶이 바뀌었다. 이제 자신이 받은 좋은 에너지를 사람들이 쉽고 재미있게, 어디
에서나 즐길 수 있는 콘텐츠로 변화시켜 다가가고 있다.

디스코그래피를 보면 다양한 일들을 동시에 하고 계세요. 독자들에게 간단한 소개를 부탁드립니다.

반갑습니다. 재즈를 사랑하는 영상 시나리오 작가 김민주입니다. 앞서 언급한 시나리오 외에도 영상 편집을 본업으로 하고 있고요. 취미이자 일로서 월간지 《재즈피플》에서 칼럼을 연재하고 있다면, 유튜브 플레이리스트 채널 'JAZZ IS EVERYWHERE'는 순수한 취미 활동에 가까워요.

처음 음악에 빠지게 된 순간이 궁금합니다.

초등학교에서 중학교로 넘어가던 시절 무렵 서태지를 처음 알게 되었어요. 당시에는 H.O.T. 등 1세대 아이돌 위주로 알고 있다가 서태지를 처음 접하면서 서태지와 아이들 시절까지 찾아볼 정도로 좋아했어요. 음악이라는 것이 사람의 인생에 영향을 줄 수 있다는 것을 처음 느꼈던 순간이었죠.

이후 중고등학교 시절에는 홍대 클럽을 다니면서 공연을 많이 봤어요. 록, 인디, 어쿠스틱 등 다양한 장르 음악 공연을 섭렵하면서 음악 씬(scene)이라는 것을 알게 되고 여기에 종사하는 사람들과 친해지면서 더욱 깊이 빠졌어요.

많은 장르 중 재즈에 유독 꽂힌 계기가 있을까요?

타 장르 대비 즉흥성을 많이 허용한다는 점이 끌렸어요. 즉흥은 곧 일회성을 의미하기에 라이브에서 그 매력이 배가 되죠. 그래서 정규 음반과 라이브 실황의 차이가 매우 큰 음악이기도 해요. 재즈를 음반으로만 접하는 것이 축구 경기를 결과와 하이라이트로만 소비하는 것이라면, 라이브 공연을 감상하는 것은 경기를 실제로 보면서 전체 내용을 함께 호흡하는 것과 같다고 생각해요.

재즈는 흔히 진입장벽이 높은 장르로 알려져 있어요. 특유의 정서나 문법을 이해하기 어려워하는 사람들도 많아서 아직 국내에서는 소비층이 탄탄하지 않은 편이죠. 배경 음악으로만 소비된다는 편견도 있고요. 애호가 입장에서 이런 상황에 대한 시각이 궁금합니다.

이런 상황이 크게 섭섭하진 않아요. 재즈를 즐기는 방법에는 여러 가지가 있어요. 앞서 라이브 공연의 매력을 강조했지만, 그것만이 유일한 방법은 아니거든요. 진입장벽이 높다는 것은 여러 선입견이 존재한다는 것을 의미하죠. 말씀대로 재즈는 조금만 어려워져도 '난해해서 소수만이 듣는다.' 또는 '배경 음악으로나 자주 쓰이는 거다.' 식의 통념이 있어요.

그런데 배경 음악으로 즐기면 또 어때요? 제가 애호가라고 해서 언제나 음악을 탐구하지 않거든요. 저 역시 쉬고 싶거나 작업에 집중해야 할 때 이지리스닝 계열의 플레이리스트를 틀어 놓기도 하고요. 제가 재즈에 빠져서 즐기던 방식이 있었듯이 다른 사람들이 그동안 즐겨 온 방식도 존중해야 한다고 생각해요. 저는 대신 재즈를 재미있게 즐길 수 있는 방식을 그간의 선입견으로 인해 어려워했던 사람들에게 공유하는 것이죠.

영상 분야의 꿈을 키우게 된 계기가 궁금합니다.
어릴 때부터 방송반 활동을 했어요. 친구들과 영화를 촬영해 보기도 하는 등 전반적으로 카메라를 가지고 노는 것을 좋아했죠. 고등학교 때 김동원 감독님의 강연을 다녀온 후 영상에 대한 꿈을 본격적으로 펼쳐 나가기 시작했어요. 다큐멘터리 감독을 목표로 하면서 신문방송학, 영상 이론 등의 분야를 공부하고, 여러 거장의 영화를 접하면서 사고를 넓히는 노력을 했던 기억이 나네요.

SK, 현대, 네이버 등의 브랜딩 프로젝트 참여 경력이 눈길을 끄는데요. 영화를 위한 내공의 시간이었나요?
많은 일이 계획한대로 흘러가지 않듯이, 결혼을 하면서 진로가 완전히 달라졌어요. 한창 영상 이론을 공부할 때는 교수의 길을 걸으면서 영화를 제작하는 식의 길을 구상했어요. 같은 분야의 사람과 삶을 함께하게 되면서 다양한 브랜딩 프로젝트를 맡아서 작업하는 귀

중한 경험을 쌓을 수 있었죠. 좋은 영화를 제작하려면 먼저 세상 경험을 충분히 쌓아야 한다는 깨달음을 얻고 유연해지는 시간이었다고 생각해요.

본업에도 도움이 되는 취미를 통해 자신의 삶을 윤택하게 하는 직장인들이 늘어나고 있어요. 작가님의 사례를 들여다보면 한 단계 더 들어가서 좋아하는 것을 통해 자신의 정체성을 발견하고 삶의 동력을 얻는 듯한 인상을 받았습니다.

제 안에 표현하고 싶은 세계가 많아서 일과 취미, 양쪽 모두에서 에너지를 얻는 타입인 것 같아요. 영상만큼이나 글을 쓰는 것을 매우 좋아하는데요. 영상 시나리오나 제안서, 기획서 위주로 쓰다 보니 다른 글도 쓰고 싶은 마음이 강해졌어요. 그래서 평소 즐겨 보던 월간 잡지《재즈피플》의 편집장님께 연락을 드렸었죠. 이전까지 재즈에 대한 글을 써 본 적은 없지만, 영화와 다른 예술에서 출발한 인사이트로 재즈와 결합해서 글을 쓸 자신이 있다고요.

운 좋게 저의 제안을 수락해 주셔서 2018년 가을부터 재즈 신보나 공연 리뷰부터 영화와 재즈를 엮어서 쓰는 칼럼 등 다양한 글을 기고했고요. 이듬해 초부터 시작된 '재즈는 어디에나 있다'는 기획 연재도 오래 진행했죠. 이후 제가 개설한 유튜브 채널 'JAZZ IS EVERYWHERE'의 모체라고 할 수 있어요. 책을 낼 계획으로 이 모든 것을 시작했던 건 아니고요. 마감이 존재하는 체계 안에서 글을 정기적으로 쓰면 보다 생산적인 경험이 될 것 같았어요.

유튜브 채널 'JAZZ IS EVERYWHERE'는 비교적 최근에 개설된 플레이리스트 채널인데 만들게 된 계기가 궁금합니다.

꽤 오래전부터 재즈 플레이리스트를 운영해 보면 어떻겠냐는 문의를 많이 받았어요. 원래도 애플뮤직을 쓰면서 저만의 플레이리스트를 만드는 게 취미였거든요. 사실 예전에는 남이 만든 플레이리스트를 열심히 듣는 분위기를 잘 이해하지 못했어요. 저만의 목록을 만들어서 즐겨 듣다 보니 타인도 그렇지 않을까 생각했던 거죠. 오히려 주변에서는 혼자 듣는 대신 나누는 것을 권유하더라고요.

그때부터 관련 채널을 찾아보기 시작했는데 생각보다 많은 분들이 즐기고 계신 것에 놀랐어요. 당시 '재즈피플'에 기고하면서 알게 된 류희성 기자님의 채널 '재즈기자'를 자세히 보면서 두 가지를 느꼈어요. 재즈의 시대가 오고 있다는 것. 그리고 제가 알려 주고 추천할 수 있는 저만의 영역이 있다는 것.

어떤 점에서 재즈의 시대가 오고 있다고 느꼈나요?

제 책에서도 언급한 부분이지만 어떤 음악이든 각자의 주기 안에서 순환하고 있다고 생각해요. 지난 몇 년간은 한국에서 힙합이 강세

였죠? 대중화의 비결에는 미디어를 통한 성장, 시대정신 등 여러 요소가 있겠지만, 결정적으로 뮤지션들이 기회를 잘 준비하고 있었다는 점이 커요.

그런 면에서 저는 재즈가 지금의 시대가 원하는 코드에 부합하는 음악이라고 봐요. 급변하는 시대의 흐름에 유연하게 대처하면서 주도적으로 삶을 설계하는 움직임이 여러 분야에서 일어나고 있는데요. 각자의 색깔이 분명하면서 즉흥성을 띠고 있는 재즈의 특성이 이와 잘 맞는다고 생각해요. 우리나라의 재즈 뮤지션들도 그 기회 속에서 빛날 수 있도록 탄탄히 준비해 온 분들이 많고요.

재생 목록 메뉴를 색깔로 구분한 것이 인상적입니다. 채널의 성장을 위해 고민했던 기획 과정이 궁금해요.

채널을 관통하는 일관성 있는 스타일과 규칙에 대한 고민을 많이 했어요. 스타일이 한 번 정해지면 이를 지켜 가면서 사람들에게 일관된 경험을 주는 것이 중요하거든요. 제가 발견한 포인트는 이 콘텐츠는 '예측 가능해야 한다.'는 점이에요. 기본적으로 사용자들은 본인이 듣고 싶은 음악을 찾아 다니면서 시간을 투자해요. 그런데 콘텐츠를 클릭했을 때 예상한 바와 전혀 다른 음악이 나온다면 자연스럽게 스킵할 확률이 높아요. 그래서 '예측의 편차'를 줄이는 것이 중요하다고 판단했어요.

또한 직관성도 많은 신경을 쓴 요소예요. 의도한 기획은 결국 사용자들이 쉽게 이해하고 자주 사용해야 의미가 있거든요. 제가 의도한 선곡과 분위기에 색깔이라는 카테고리를 입히면 사람들이 음악을 찾으면서 원했던 것에 최대한 근접한 콘텐츠를 제공할 수 있을 것이라 생각했어요. 기억하기도 쉽고요.

기획 의도대로 반응이 오고 있나요?
다른 플레이리스트 채널에서 인기 조회수를 봤을 때 상위에 재즈가 랭크되어 있는 경우가 많아요. 하나의 장르만을 가지고 운영하는 플레이리스트 채널이 생각보다 많지 않더라고요. 다양한 음악을 다루는 경우 재즈라는 키워드를 활용한 콘텐츠가 잘되는 것을 보고 사람들이 좋아하고 있음을 실감해요.

기본적인 작업 방식이 궁금합니다. 선곡은 어떻게 하고 계시나요?
저는 노션(Notion)에 선곡 페이지를 따로 만들었어요. 평소에도 음악을 듣다가 기억해 두고 싶은 게 있으면 메모와 함께 기록하는 편인데요. 예를 들면 따뜻한 색소폰 소리가 인상적인 곡을 만났을 때 노트를 남기고 저장한 뒤 이후에도 유사한 곡을 만나면 해당 메뉴 안에 추가하는 식이죠.
어느 정도 리스트가 차면 이제 각 곡의 순서를 정해요. 제가 들었을 때 받은 좋은 느낌을 사람들도 느낄 수 있게 전체적으로 재배열을 합니다. 이후에는 플레이리스트의 제목과 사진을 고르죠. 뭔가를 접했을 때 순간적으로 떠오르는 키워드나 심상을 최대한 놓치지 않고 노선에 기록하고 있어요.

유튜브 기반으로 활동하는 플레이리스트 인플루언서들의 경우 유저의 집중력을 약화시키는 숏폼 콘텐츠에 대한 우려가 많아요. 재즈가 타 장르 대비 인내심이 필요한(?) 측면이 있다는 점을 봤을 때 고민이 되는 부분이 있나요?

저는 숏폼 영상과 플레이리스트가 완전히 다른 유형의 콘텐츠라고 생각해요. 숏폼은 기본적으로 몰입형 콘텐츠기 때문에 스마트폰을 손에 쥐고 있어야 해요. 계속 숏 영상을 손가락으로 스크롤하면서 보는 것도 결국은 내 시선이 폰 스크린에 고정되어 있어야 가능한 일이죠.

반면 플레이리스트는 한 번 재생하기 시작하면 제 손을 떠나는 유형이에요. 보통 틀어 놓고 청소나 작업을 하는 등 다른 일을 할 때가 많으니까요. 영상의 형태가 점차 다양해지는 것을 느끼지만 용도의 차이가 있기 때문에 제가 만드는 플레이리스트에 악영향을 준다고 생각하진 않아요. 지금은 펼쳐 나갈 것이 더 많은 단계인 만큼 지표에 대한 고민보다는 계획한 콘텐츠들을 잘 만드는 것에 집중하려고 합니다.

지난 2~3년간 수많은 플레이리스트와 각종 음악 큐레이션 콘텐츠가 생겨났어요. 누군가는 '모두가 큐레이터인 시대'라고도 말하기도 해요. 이에 대한 작가님의 생각이 궁금합니다.

음악만의 문제는 아니고 모든 콘텐츠 창작이 비슷한 흐름을 보이고 있어요. 영화만 해도 '모두가 영화감독인 시대'라는 말이 있거든요. 스마트폰으로도 간단한 영상 편집이 가능하듯, 플레이리스트를 만들 수 있는 기술과 플랫폼도 보급화되었기 때문에 지극히 자연스러운 현상이라고 봐요. 자질이 있지만 소수만이 누릴 수 있는 기술이라 꽃피우지 못하는 것보다는 훨씬 나은 상황이죠. 그렇지만 기술에 대한 액세스가 쉬워져도 '좋은' 이라는 수식어로 인정받는 것은 예나 지금이나 똑같이 어려운 것 같아요.

사실 대부분은 자신이 접하는 콘텐츠가 추천을 기반으로 선택된 것임을 인지하지 못하고 스쳐 지나가는 경우가 많아요. 그 와중에도 '좋은 큐레이션'은 다르게 느껴질까요?

물론 다르게 느껴진다고 생각해요. 이를테면 지금 저희가 (카페에서) 인터뷰를 위한 얘기를 하고 있어요. 혹시 지금까지 흘러나왔던 음악을 기억하시나요? 대화를 멈출 정도는 아니었던, 말 그대로 적절한 배경 음악으로서 기능한 것이죠.

반면 정말 좋은 음악은 우리의 주의를 돌려 귀 기울이게 하는 힘이 있어요. 제가 가장 좋아하는 카페나 바를 예로 들면, 친구와 방문할 때마다 흘러나오는 음악을 사장님께 문의하거나 앱을 통해 검색하게 만들거든요.

그렇다면 '좋은 큐레이션'이란 무엇일까요?

기본적으로 (큐레이션이) 목표하는 타겟 사용자의 기대 수준에서 예측 가능한 콘텐츠여야 하고요. 그 기본을 뛰어 넘는 감흥을 청자에게 전달할 때 '좋음'의 레벨로 진입한다고 생각해요.

그 이상의 좋음은 이 추천을 하는 사람이 궁금해지게 만드는 퀄리티라고 할 수 있죠. 예를 들어 영화평론가 이동진 님의 책이나 팟캐스트를 듣는 사람들은 물론 좋은 추천을 받기도 하지만, 이동진 님에 대한 많은 것들이 궁금해서 구독을 하니까요. 이로 인해 듣는 사람의 인생이 조금이라도 변화할 수 있다면 그때부터는 위대한 레벨의 큐레이션이 아닐까요? (웃음)

『재즈의 계절』이라는 책을 발표했어요. '자신의 삶을 사는 사람은 기꺼이 재즈를 선택한다'는 슬로건이 인상 깊었습니다. 책에 대한 간단한 소개를 부탁드려요.

책을 통해 가장 얘기하고 싶었던 것은 '재즈는 음악이 아니라 정신이자 태도'라는 것이었어요. 이를 잘 드러내는 영화 등의 콘텐츠와 사람들을 보여 주고 싶었습니다. 재즈를 자신의 삶의 태도로 받아들여 창작 활동을 하고 있는 사람들 말이죠.

지금은 정해진 길이 없는 시대이기도 해요. 누군가는 한 직장에서 열심히 일을 하는 반면, 일찌감치 퇴사하고 자신의 길을 걷고자 창업을 하는 사람들도 많죠. 세상이 변화하는 속도도 보다 빨라지고 있고요. 앞서 말씀드렸듯이 재즈는 즉흥성을 전제로 한 장르인 만큼 라이브 공연 때 예측할 수 없는 상황이 많아요. 마일스 데이비스 등 전설적인 뮤지션들이 보여 준 유연한 태도가 오늘날을 살아가는 사람들에게 많은 도움이 될 것 같다고 생각했어요.

플레이리스트의 경우 사람들이 이런 재즈의 태도와 매력을 각자의 삶 속에서 은근하게 느끼기를 바라는 마음으로 만들어 가고 있고요. 책은 보다 직접적인 메시지를 전달하기 위해 낸 것이죠.

다큐멘터리 〈타다: 스타트업의 초상〉의 음악감독으로 윤석철 님을 섭외하셨어요. 스타트업의 이야기를 재즈와 함께 그려 내는 기획 과정이 궁금합니다.

사실 영상물의 사운드트랙 전곡이 재즈인 경우가 생각보다 많지 않은 만큼 저에게도 굉장히 특별한 경험으로 남아 있는데요. 윤석철 님을 섭외했을 때 저희는 주로 키워드를 제시하면서 설명했어요. 예를 들면 이 부분에서는 '시작'의 느낌이 들었으면 좋겠다, 이 부분에서는 일촉즉발의 위기 상황 같은 느낌을 제안하는 식이죠. 제시는 하되 최대한 자율성을 드리고자 했습니다. 같은 키워드를 놓고 오히려 뮤지션 쪽에서 새롭게 해석해서 음악을 만든 경우도 있었고요. 일반적으로 상업 영상을 제작할 때 뮤지션에게 요청을 하는 과정과는 정반대로 갔다고 보시면 됩니다. 재즈라는 음악을 선택한 만큼 작업 방식도 최대한 그에 맞춰서 열린 마음으로 접근했어요. 그래서인지 전반적으로 뻔하지 않은 구성의 영상 음악이 잘 완성될 수 있었다고 생각해요.

그 외에도 트레바리 북토크, 와인 큐레이팅 서비스 '캅셀'과의 이벤트 등 다양한 방식으로 재즈를 추천하고 있어요.

기본적으로 컬래버레이션에는 항상 열려 있어요. 저는 음악이 음악으로서 소개되는 것보다는 다른 것과 융합될 때 더 재미있는 그림이 나온다고 생각하거든요. 가령 하이엔드 패션과 힙합이 효과적으로 결합하여 하나의 문화가 된 것처럼 말이죠. 그래서 앞으로도 다양한 형식으로 유연하게 재즈를 알리는 방법에 대해 고민하고 실행할 계획입니다.

재즈는 방대한 역사와 특유의 정서로 인해 여전히 입문하기 쉽지 않은 것 같아요. 작가님의 콘텐츠를 보고 본격적으로 재즈의 세계로 빠져 보고 싶은 사람들을 위해 추천하는 코스가 있을까요?

일단은 자신이 듣고 좋다고 느꼈던 재즈 음악에서부터 출발하는 것이 좋아요. 예를 들어 엘라 피츠제럴드의 〈Misty〉가 좋았다면 그분의 다른 곡도 들어 보고 하는 식으로 부담 없이 시작해서 넓혀 가는 것이죠.

우리가 뭔가를 더 알아가고 싶을 때 이에 관한 많은 매뉴얼이 이미 존재해요. 이를 따라 이전에 알지 못했던 아티스트와 음악을 수동적으로 접하면 오히려 우연히 접했을 때보다 감흥이 떨어질 수 있거든요. (남이 만든) 특정한 코스나 매뉴얼은 오히려 새로운 세계에 기분 좋게 빠져드는 데 장애물이 될 수 있어요.

평소 영감을 얻는 원천이나 즐겨 보는 콘텐츠가 궁금합니다.

저는 인풋을 많이 하면서 쉬는 스타일이에요. 거의 모든 OTT를 구독하면서 새로 올라오는 오리지널 콘텐츠는 다 확인해 보고 있고요. 전시회나 공연도 틈날 때마다 보러 다니고 있어요. 하나에 꽂히면 재미가 있든 없든 파고드는 타입이라 주말에도 잠잘 시간이 부족하네요. (웃음)

영상 시나리오 작가 김민주

하나의 장르에 자신의 신념을 담고 삶의 구석구석에 스며들게 하려는 목표가 인상적입니다. 흥미롭게 보고 있거나 영향을 받는 다른 장르가 있을까요?

저는 우리 시대를 대표하는 큐레이터를 논할 때 문학평론가 신형철 님이 좋은 예시라고 생각해요. 사실 저는 비문학을 주로 읽다가 추천을 보고 문학을 골라서 읽는 성향인데 그런 점에서 신형철 님의 책은 문학을 큐레이션 하는 비평서에 가깝거든요. 최근에 발표하신 '인생의 역사'는 좋아하는 30여 편의 시에 대한 에세이를 담았는데 비록 선곡이 아닐 뿐 이것도 일종의 큐레이션이죠.

원작을 대하는 태도와 독자들에게 알기 쉽게 소개해 주는 배려를 보면서 좋은 큐레이션의 덕목을 체감할 수 있었어요. 비유하자면 사용자에게 정교한 추천을 통해 새로운 세계를 접할 수 있는 '창문'을 제시하는 것과 같아요.

지금의 커리어를 걷기까지 가장 큰 영향을 준 사람들은?

가장 먼저 제 인생의 멘토이자 친구인 남편이 떠오르는데요. 예술과 산업에 관해 전반적으로 저보다 많은 인사이트를 가지고 있는데 이를 언제나 기분 좋은 방식으로 추천해 주고 즐길 수 있게 길을 열어 주는 사람이에요.

삶에 있어서 멘토를 생각해 보면 개인적 친분은 없었지만 신영복 교

수님과 신형철 문학평론가님을 꼽고 싶습니다. 살아가면서 제일 존경하는 어른들이라고 할 수 있을 것 같아요.

앞으로의 계획이 궁금합니다.

다음 단계의 콘텐츠에 대한 고민이 있어요. 지금은 제가 재즈를 좋아했던 초기 시절의 음악을 주로 소개하고 있었어요. 대표적으로 1940년대부터 60년대의 재즈라고 보시면 되는데요. 향후에는 즉흥성이 강조된 현대 재즈나 유럽의 실험적인 재즈 계열도 어렵지 않은 방향으로 소개하고 싶은 마음이 있어요. 재즈의 세계가 깊고 넓은 만큼 더 많은 분들이 이 장르의 매력을 느껴 주신다면 좋을 것 같아요.

본업에 대한 계획으로는 지금보다 영화 작업을 위한 시간 투자를 더 많이 할 계획인데요. 영화의 특성상 결과가 언제 나올지는 모르지만 그동안 다양한 경험을 통해 인풋을 충분히 쌓았으니 이제는 장편을 도전할 때가 된 것 같아요.

흔히 내가 좋아하는 일이 직업이 된다고 하면 후회할 일들이 생긴다고 해요. 이 일을 하면서 음악에 대한 마음이 어떤가요?

저는 점점 더 음악이 좋아지고 있어요. 음악이 제 삶에 더욱 가까이 있다는 느낌을 많이 받고 있고요. 예전에는 단순히 듣는 입장이었다면, 이제는 책을 내기도 했고 플레이리스트 채널을 운영하는 입장인 만큼 음악이라는 세계 안에서 더 적극적으로 참여하고 있으니까요. 앞으로도 음악과 계속 함께하고 싶은 마음입니다.

공간음악 컨설턴트

"좋은 큐레이션을 위해서라면
불편한 애기까지 해야 한다고
생각해요."

히세댓
(he_said_that)

그의 추천은 단호하고 솔직하다. 쉽사리 모두에게 권하지 않는다. 칭찬만 가득
해 오히려 믿기 힘든 수많은 플랫폼과 콘텐츠 속에서 그의 방식은 오히려 신뢰
를 불러오는 힘이 있다. 카페, 식당 등 음악이 필요한 공간이면 어디든 컨설팅
이 가능한 그만의 큐레이션 철학이 궁금해졌다.

반갑습니다. 간단한 자기소개 부탁드려요.

안녕하세요. 공간음악을 컨설팅하는 히세댓입니다. 매장 음악 관리자의 길을 걷다 퇴사한 후 프리랜서로 활동하고 있어요.

처음 음악에 빠지게 된 순간이 궁금합니다. 당시에도 음악 추천에 취미가 있었나요?

저는 대학에서 작곡을 전공했어요. 그 정도로 음악에 진지한 편이었는데 사고의 폭을 넓힐 필요를 느꼈던 건 군악대 시절이었어요. 음악 관련으로 다양한 사람들을 만나면서 졸업 후 진로에 대해 고민하기 시작했죠. 보통 전공자들은 졸업 작품을 준비하면서 유학 또는 학원 강사의 길을 알아보는 경우가 많거든요. 저는 유학을 갈 상황은 아니었고 전공을 하면서도 저 자신이 아티스트보다는 일반 직장인의 마인드에 더 잘 맞는 것 같다고 느꼈어요.

그때부터 제가 음악 산업 안에서 할 수 있는 일이 무엇일까 고민하다 좋은 음악을 만들고 있지만 빛을 보지 못하는 사람들을 알리고 싶다는 결심을 했습니다. 남들이 졸업 연주를 준비할 때 저는 음악 관련 업무를 할 수 있는 곳을 찾아 취업 준비를 한 셈이죠.

오랫동안 직장에서 매장 음악 담당으로 일한 것으로 알고 있어요. 프리랜서 큐레이터로 독립을 결심하게 된 이유가 궁금해요.

여러 회사를 거치면서 매장 음악 선곡 및 관리를 했어요. 처음에는 지니뮤직에서 매장 음악 서비스 및 CS를 담당하다 이후 광화문 핫트랙스 음반 매장에서 신보 프로모션과 전반적인 MD 업무를 맡았었죠. 이후에는 아예 매장 음악 전문 업체로 이직을 해 보고 싶은 마음이 생겨 업계 1위로 알려진 플렌티엠(PlantyM)으로 옮겨서 근무했어요. 매장 음악이 선곡과 가장 직접적으로 연결되어 있는 분야라서 흥미롭기도 했고, 제가 신경 써서 배치한 아티스트의 신보 매출이 상승하는 것을 보면서 뿌듯함을 느꼈어요.

다만 일적으로 느끼는 보람 외에 운영을 하면서 겪는 스트레스가 많았어요. 이를테면 제 업무 영역은 선곡이지만 매장 측에서는 음악이 나오지 않는다는 이유로 퇴근 시간 이후에도 연락을 하는 것이죠. 저를 설치 기사처럼 생각하는 듯해서 좀 답답했어요. 그래도 열심히 일해서 콘텐츠 파트의 조직장까지 지냈지만, 좋은 아티스트들을 가리지 않고 소개하고 싶은 제 갈증을 해소할 수는 없어서 결국 독립을 결심했죠.

매장 음악 산업은 기본적으로 B2B의 속성을 가지고 있어요. 대량의 음악 카탈로그를 생성 및 전달하는 작업 과정 자체에서 오는 스트레스였나요? 아니면 전국의 매장들을 관리하는 업무에서 오는 피로감이었나요?

두 가지 다 느꼈지만 전자라고 얘기하고 싶네요. 아무래도 유통사와 매장 간 제휴 등 여러 가지 관계들이 더해지면 그만큼 개인이 추천할 수 있는 영역이 줄어들거든요. 시간이 흐를수록 이미 정해진 바운더리 안에서 선곡 리스트를 짜야 하는 상황이 힘에 부치기 시작했죠.

일을 하면서 느꼈던 또 다른 한계는 제 선곡을 매장에서 확인할 수 없는 순간이 점점 늘어나고 있는 사실이었어요. 물론 각자의 사정이 있었겠죠. 하지만 제가 전달한 리스트 대신 엉뚱한 노래들이 매장을 채우는 사례를 보면서 저의 기획이 온전히 구현되는 것을 보고 싶은 마음도 커졌어요.

프리랜서로서 첫 시작이 막막했을 것 같아요. 큐레이터 '히세댓'으로 본격 출발했던 계기가 있었나요?

퇴사 후 머리도 식히고 구상도 할 겸 여러 카페를 다니면서 좋아하는 커피도 마시고 책도 많이 읽었어요. 다 좋은데 나오는 음악이 너무 아쉽더라고요. 카페를 찾는 사람들의 대화 속에 음악이 스며드는 대신 방해하고 있다고 느꼈어요.

호기심이 생겨서 제가 다녀본 카페 리스트를 엑셀로 뽑아서 정리하니 음악이 카페 속에 어우러지지 못하는 곳이 너무 많았던 거예요. 매장 음악 선곡을 오랫동안 직업으로 해 왔던 입장에서 답답해서 조금씩 도움을 주기 시작했어요.

그 도움이란 어떤 것이었나요?

카페를 자주 다니면 친한 사장님들이 생기잖아요? 처음에는 그분들께 가볍게 음악을 추천했어요. 이런 무드를 원한다면 (지금 드리는) 이 플레이리스트를 한번 이용해 보시라는 정도로요. 그랬더니 전화가 계속 왔어요. 카페 고객들이 지금 나오는 노래를 물어보기 시작한 것이죠.

제가 생각했던 좋은 선곡의 기준이 대중과 어느 정도 교집합을 이루고 있다는 느낌을 강하게 받았어요. 이때부터 공간음악 컨설턴트가 될 준비를 본격적으로 하기 시작했죠.

다년간의 직장 경험을 통해 얻은 좋은 선곡의 기준이 궁금해집니다.

먼저 자신이 무엇을 좋아하는지 솔직해지는 게 중요하다고 생각해요. 많은 분이 자신의 취향을 밝히는 것을 어려워해요. 예를 들면 "요즘 무슨 음악 들나요?" 같은 간단한 질문에도 마음 편하게 답변하지 못하는 경우를 많이 봤어요. 혹여나 자신의 음악 지식이나 취향이 낮게 보이지 않을까 하는 우려인 거예요.

저는 취향은 세로가 아닌 가로라고 생각해요. 사람들이 잘 모르는 아이돌 그룹의 노래를 좋아하는 사람과 존 레논의 노래를 좋아하는 사람의 차이가 수준이나 지식의 차이를 의미할까요? 기호의 차이일 뿐이에요. 높고 낮음보다는 RGB 색상표처럼 동등한 위치에서 다양하게 펼쳐져 있는 것이죠.

작업 방식 이전에 큐레이터로서 가져야 할 태도가 중요하군요.
일을 할수록 각자의 취향이 모두 존중되어야 한다는 점을 많이 느껴요. 다양한 분들의 추천을 DM으로 받아 보면 제가 몰랐던 좋은 노래들이 정말 많아요. 생소한 아티스트라면 제가 오히려 더 물어보면서 지식을 얻기도 해요. 그런 과정들이 하나도 부끄럽지 않아요. 큐레이터라면 당연히 가져야 할 태도라고 생각합니다.

항상 유명한 콘텐츠만 선곡하거나 편집할 수 없거든요. 작업을 하다 보면 필연적으로 사람들이 생소하게 느낄 법한 노래도 골라야 하는 순간이 와요. 내가 잘 모르지만, 사람들이 좋다고 하는 것을 평소에 궁금해하고 관심을 가져야 추천의 질을 높일 수 있다고 생각해요. 이 과정을 반복하면서 다른 취향에 대해 은연중에 가지고 있었던 편견을 줄일 수 있었던 것도 큰 도움이 되었죠. 저는 각자의 취향을 탐구하면서 다른 사람과의 교집합을 찾는 것이 재미있어요. 그런 만큼 (멋진 취향임에도) 얘기하기를 망설이는 분들의 말에 더 귀기울이려고 합니다.

친분 관계로 추천을 해 주던 '큐레이터 지인'에서 정당한 절차로 작업을 진행하고 페이를 받는 '공간음악 컨설턴트'가 되기까지 쉽지 않았을 것 같아요.

정기적으로 의뢰를 받고 일하는 입장이 되려면 공간을 찾는 소비자 외에도 카페와 공간을 운영하는 대표와의 교집합도 중요하다고 느꼈어요. 결국은 사장님과의 파트너십에서부터 일이 시작되기 때문에 제 나름의 시장조사와 니즈 파악에 들어간 것이죠.

그래서 이전보다 많은 카페와 다양한 공간을 다녔어요. 처음에는 시장 조사의 목적으로 다니면서 사진을 찍고 제가 느꼈던 그 공간의 분위기나 관련 정보를 가볍게 소셜 미디어에 남겼는데 결과적으로 이 작업이 제가 소비자와 업주 양측을 이해하는 데 많은 도움이 되었어요.

히세댓의 인스타그램 계정은 저도 카페나 그 외 공간을 찾아볼 때 종종 참고하는 곳이에요. 계정 운영의 어떤 면이 앞서 언급한 양측에 대한 이해를 도왔나요?

우리가 카페를 가려고 포털에 검색할 때 해당 공간에 대해 알 수 있는 것이 예상 외로 많지 않아요. 사진이 충실하면 기초적인 약도나 공간 설명이 부실하거나, 아니면 그 반대의 경우를 많이 봤어요. 카페나 공간을 찾는 사람들의 자연스러운 검색 포털이 되면 어떨까 생각한 거죠.

제가 거기에 공간 음악에 대한 저만의 리뷰를 곁들이니까 필요한 정보를 더 재미있게 접했다는 피드백을 많이 받았어요. 사실 맛집 추천 계정들은 이미 굉장히 잘 정리되어 있고 운영자 각자의 색채도 있거든요. 공간과 음악에 대한 비슷한 니즈도 시장에 존재하고 있었는데 제가 한 작업이 운이 좋게 반응을 얻을 수 있었어요.

제가 정기적으로 올리는 포스팅은 결국 각 공간에 대한 평가로 귀결되요. 이 톤을 어떻게 잡는지에 따라 대표님들과 소통하는 방식도 달라지죠. 가령 제가 좋은 얘기만 남기는 사람이었다면 어땠을까요? 개인적으로 마음에 들지는 않지만 일을 위해 다루는 곳이 많았을 것이고, 제 리뷰를 찾는 사람이 줄어들었을 거예요. 저는 최대한 솔직하게 제가 느낀 것을 쓰기 때문에 이를 달갑게 생각하지 않을 업주들이 염려됐던 것도 사실입니다. 하지만 계정을 운영하면서 제 성향을 최대한 일관적으로 가져간 것이 결과적으로 더 나은 파트너 커뮤니케이션을 만들었다고 봐요.

우리가 흔히 떠올리는 큐레이션의 양상은 '각 개인에게 최대한 좋은 것을 추천'하는 것이죠. 히세댓 님의 추천은 좋은 점도 아쉬운 점도 최대한 솔직하게 다루는 점이 매력인 것 같아요.

확실한 추천을 위해서는 불편한 얘기까지 해야 한다고 생각해요.

공간음악 컨설턴트 히세댓(he_said_that)

히세댓의 신뢰도가 높아진다는 의미는 결국 제가 좋다고 하는 것, 안 좋다고 하는 것이 모두 그럴듯하게 들리는 것이거든요. 제가 하는 모든 큐레이션은 최대한 주관적인 추천에서 시작해서 사람들의 공감이 기반이 되는 객관적인, 신뢰도 있는 추천으로 가고 있는 과정이라고 생각해요.

그 완성을 위해서는 최대한 사람들에게 솔직하게, 구체적으로 추천해야 한다고 봐요. 아쉬운 곳을 얘기할 때도 무작정 안 좋다고 말하는 것이 아니라 화려한 취향이라면 이곳은 다소 심심하게 느껴질 수 있다고 운을 띄우면서 대안을 제시해 주는 것이죠. 단순히 여가를 즐기는 차원에서 카페나 여러 공간을 바라보는 경우가 많아요. 하지만 공간을 찾는 것은 업무 시간을 제외한 우리의 나머지 시간을 채우기 위한 매우 중요한 행위라고 생각해요. 그렇기 때문에 포털 사이트에 수많은 블로그 리뷰가 있고, 이를 열심히 찾아보는 사람들이 많은 것이고요.

히세댓의 공간음악 컨설팅을 쭉 들여다봤어요. 선곡 외에도 매장 음악 관련 팁 전수 같은 부분이 흥미로운데 노하우를 아낌없이 전수함으로써 자신을 찾는 니즈가 줄어들면 어떡할지 염려한 적은 없었는지.

저는 오히려 반대로 생각해요. 흔히 PPT를 정말 잘 만드는 분들의 템플릿을 돈 주고 다운로드 받았을 때 그걸 완벽하게 소화해 낼 수 있는 사람이 몇이나 될까요? 제가 드리는 솔루션도 비슷한 맥락이라고 봐요. 제가 아무리 얘기를 해 드려도 실제로 제가 직접 맡아서 하는 것과는 아무래도 차이가 보이거든요.

물론 주변에서 그런 걱정을 해 주시는 분들은 적지 않죠. '(노하우를) 퍼 주었다가 손해를 보면 어쩌지.' 하는 마음도 누구나 할 수 있는 우려고요. 하지만 제가 하는 일은 기본적으로 사람과 사람이 만나 신뢰를 쌓는 관계에 기초를 두고 있어요. 자신만의 음악 취향이 분명한 카페 대표가 있지만, 매장 음악 관련해서는 지식이 전무한 분도 계세요. 이분들을 똑같은 유형의 클라이언트로 규정하고 일률적인 솔루션을 제공하는 것보다는 각자의 상황을 이해하고 그에 맞는 추천과 그 외 노하우를 최선을 다해 알려 드리는 게 장기적인 파트너십을 쌓는 최선의 길이라고 생각해요. 실제로 다시 연락을 주신 분들도 많고요.

일반적으로 작업 의뢰를 받을 때는 자신의 권한과 소신을 어느 정도 덜어 내고 클라이언트가 원하는 바와 조화를 이루기 위한 노력을 하기 마련이에요. 큐레이터 개개인의 감과 센스가 중요한 선곡의 경우, 이 절충점을 찾는 노하우가 궁금합니다.

일단은 클라이언트의 성향을 최대한 이해하려고 합니다. 그 공간을 자주 방문하고 대화도 여러 번 해 보면서 파악을 하는 것이죠. 그러면 어느 정도 가닥이 잡혀요. 제가 솔루션을 제시했을 때 크게 이견을 제시하지 않고 수긍할 유형인지, 아니면 까다롭게 재수정을 많이 요구할 유형인지.

클라이언트의 유형이 파악되면 그에 따라 컨설팅 가격과 옵션을 구성합니다. 가령 수정을 많이 요구하는 분들을 대상으로는 수정 횟수에 제한을 두는 대신 금액을 조금 낮게 가거나 하는 식이죠. 물론 개개인마다 제가 처음 예상했던 성향이 아닌 경우가 있어서 일할 때마다 클라이언트의 취향과 성향을 최대한 빠르게 파악하기 위해 많이 노력하고 있습니다.

'공간의 완성은 오브제가 아닌 음악'이라는 슬로건이 인상적입니다. 음악의 어떤 면이 공간을 완성한다고 생각하나요?

음악은 매장의 옷을 입히는 것과 같다고 생각해요. 우리가 흔히 공간을 브랜딩할 때 인테리어 관련 요소에 치우쳐서 생각하는 경향이 있어요. 물론 굉장히 중요한 부분인데 마무리로 적절한 음악이 함께하지 않으면 비어 보이거든요. 비유하면 아직 시즌에 맞는 옷을 입지 않은 채 외출 준비를 하고 있는 것과 같아요.

공간을 위한 음악을 고른다는 것은 일반적인 선곡 작업보다 훨

**씬 까다로울 것 같다는 생각이 들어요. 공들인 작업물의 첫인
상을 결정짓는 중요한 요소이니 말이죠.**

아직도 많은 기업과 매장이 공간과 제품의 마케팅에 음악이 얼마나
중요한 요소인지 잘 인지하지 못하고 있다고 느껴요. 한 예로 팝업
스토어를 열었을 때 그럴듯한 인테리어에 맞춰 요즘 유행하는 유튜
브 플레이리스트를 대충 틀어 놓고 마는 식이죠. 사실 그 플레이리
스트의 음악은 해당 공간과 인테리어에 전혀 맞지 않는 음악인데도
말이죠.

'오감 브랜딩'이라는 개념이 널리 알려졌듯이 결국 좋은 공간과 제품
이 기억되려면 사람들이 다양한 감각으로 느껴야 하거든요. 빌리프
(belif)가 신제품을 프로모션할 때 해당 제품과 가장 잘 어울리는 음
악의 매칭을 위해 에스피오네(Espionne)를 음악 감독으로 기용했
던 것처럼 마케팅에 방점을 찍어 주는 것이 음악이라고 생각해요.

**공간을 컨설팅하려면 선곡의 전문성 외에도 공간을 구성하는
비주얼, 인테리어 등 많은 부분에 대한 이해가 필요할 것 같아
요. 보다 나은 컨설팅을 위해 기울여 왔던 노력이 궁금합니다.**

평소에 라이프스타일과 트렌드를 능동적으로 찾아보는 성향이에
요. 지금 운영하고 있는 인스타그램이나 유튜브 채널도 요즘 유행
이나 이슈를 모른 채 유지할 순 없으니 제 습관에 도움을 주고 있기

도 하고요.

그래서 하루에 제가 가 보고 싶었던, 평소에 궁금했던 공간들을 분야별로 나눠서 최소 세 군데 이상은 다니곤 해요. 공간 답사 외에도 제가 평소에 궁금했던 트렌드나 그 외 여러 분야에 대해 흥미롭게 다룬 책들을 많이 사서 읽고 메모하는 편입니다.

더불어 최대한 여행을 많이 다니려고 해요. 샌프란시스코, 도쿄, 뉴욕 등의 대도시는 관련해서 책이 많을 정도로 그들의 라이프스타일이나 취향이 명확하고 탐구해 볼 요소가 많으니까요. 저희가 찾아서 갈 정도로 유명한 편집숍은 훌륭한 큐레이션의 예시라고 생각하고요.

평소 선곡 작업 과정이 궁금합니다.

사실 건마다 제가 작업하는 방식이 많이 달라서 어떻게 대답해야 할지 고민이 되는 부분이에요. 매번 오는 의뢰가 다양하다 보니 아직은 상황에 따라 유연하게 작업해서 드리는 방식에 가까워요. 일이 늘어날수록 유연성에 기대는 건 위험하니까 저도 슬슬 저만의 방법론을 확립하려고 하는 중입니다.

단, 작업 과정은 다르더라도 제가 일관되게 견지하고 있는 철학은 있어요. 제가 만든 플레이리스트를 소개할 때 '좋은 노래', '좋은 선곡'이라는 표현을 최대한 경계하려고 합니다. 대신 '이 공간에 가장 어울리는', '이 공간을 찾는 사람들의 취향에 맞는' 식으로 정의를 명확하게 하고 있어요. 그렇지 않으면 작업자와 클라이언트 간에 각자의 감에 기초한 논쟁이 일어나기 쉽거든요. "이게 뭐가 좋다는 거죠?" 식의 소모적인 대화를 최대한 방지하려고 하죠.

프리랜서 큐레이터로 활동하면서 겪는 어려움과 고민은 무엇이 있을까요?

아무래도 비용 이슈가 제일 크죠. 모두가 자신은 음악을 사랑한다고 얘기하지만, 막상 음악에 돈을 지불하는 상황이 오면 평소 가지고 있던 태도가 나오거든요.

그리고 아직은 사람들이 매장 음악을 하드웨어적으로 접근을 해요. 가령 저는 어디까지나 공간을 채우는 음악을 전문적으로 컨설팅하는 사람인데, 클라이언트 입장에서는 스피커도 함께 설치해 줄 수 있는지, 보조 케이블은 구비하고 있는지 등의 기대가 들어가니 정신적으로 힘들어지는 부분이 있어요.

지난 2~3년간 수많은 플레이리스트와 각종 음악 큐레이션 콘텐츠가 생겨났어요. 누군가는 '모두가 큐레이터인 시대'라고도 말하기도 해요. 이에 대한 히세댓 님의 생각이 궁금합니다.

많은 분이 하는 것은 사실이죠. 하지만 그분들이 있는 덕분에 소셜 미디어를 기반으로 활동하는 저에 대한 관심도 더 높아지니까 싫지는 않아요. 아무리 많은 범람이 있다 하더라도 저는 기본적으로 제 개인 브랜딩이 뚜렷하다고 생각하기 때문에 흔들림 없이 하고 있어요.

다만 뒷광고처럼 누가 봐도 광고인데 선곡으로 포장한 플레이리스트들도 점차 늘어나고 있는데요. 당장의 이익을 위해 청취자를 속이는 매우 나쁜 큐레이션이라고 생각합니다. 개인화 노출로 이를 접하는 사용자의 취향도 잡다해지고 큐레이터들 스스로에게도 매우 좋지 않은 선택이에요.

평소 영감을 얻는 원천이나 즐겨 보는 콘텐츠가 궁금합니다.

쉬고 싶을 때는 평소에 좋아하던 일본 영화를 다시 봐요. 대사 한마디 한마디가 섬세해서 곱씹어 보게 만드는 매력이 있거든요.

지금의 커리어를 걷기까지 가장 큰 영향을 준 사람들은?

제이레빗(J Rabbit)을 꼽고 싶어요. 제가 음악 선곡에 재능이 있다는 것을 발견할 수 있게 계기를 만들어 준 사람이에요.

큐레이션 1인 사업자로서 앞으로의 계획이 궁금합니다.

예전에 타블로 님이 한 얘기가 있어요. "큐레이터라는 것이 앞으로 굉장히 중요한 직업이 될 수 있다.". 카카오톡 배경 화면에 항상 저장해 놓고 다닐 정도로 저에게 중요한 말이었고 실제로도 점점 큐레이션이 중요해지는 세상이 되어 가고 있다고 생각하거든요. 아직은 초기 단계지만 공간의 완성을 위해 음악을 전문적으로 활용하고자 하는 곳들도 늘어나는 추세고요.

큐레이터라는 직업의 사회적 인식과 중요도의 향상에 여러 가지 기여를 하는 것이 목표입니다. 그의 시작은 제가 맡은 프로젝트에서 차별성 있는 퀄리티를 보여 주는 것이겠죠.

흔히 내가 좋아하는 일이 직업이 된다고 하면 후회할 일들이 생긴다고 해요. 이 일을 하면서 음악에 대한 마음이 어떤가요?

사실 매장 음악 일을 하면서부터 음악에 지칠 때가 많았어요. 하루에 너무 많은 음악을 다루다 보니 음악에 대한 무게감이 가벼워졌거든요. 지금은 프리랜서로 일을 하면서 어느 정도 균형을 맞추려고 해요. 일할 때는 일에 집중하고, 대신 휴식하면서 공간을 찾고 아이디어를 얻을 때 음악도 함께 즐기려고 하는 편입니다.

**고르고 권하는
일을 합니다**

큐레이션 사업자

"제 큐레이션의 핵심은
시각과 청각의 조화에 있어요."

윤승화

누군가는 최근의 큐레이션이 다소 음악에 집중된 것에 의문을 느낄 수도 있을 것이다. 십 년 전만 해도 큐레이터 하면 미술관을 떠올렸으니 말이다. 음악에 국한되지 않은 예술 전반의 큐레이션이 궁금해질 무렵 우연히 발견한 딘포스트(DINPOST) 스토어는 그래서 흥미로웠다. 모든 감각은 연결되어 있다고 믿는 윤승화 대표를 만났다.

반갑습니다. 간단한 자기소개를 부탁드릴게요.

안녕하세요. 아트 앤 컬쳐 큐레이션, 딘포스트(DINPOST)를 운영하는 윤승화입니다. 음악 MD, 문화 콘텐츠 마케팅 등 음악 홍보와 콘텐츠, 마케팅을 아우르는 다양한 일을 하다가 지금은 개인 사업자의 삶을 살고 있어요.

처음 음악에 빠지게 된 순간이 궁금합니다. 당시에도 음악 추천에 취미가 있었나요?

중학교 때 팝을 주로 들으면서 음악을 좋아하기 시작했어요. 다양한 음악에 푹 빠져 지내다가 사회인이 되어 재즈를 좋아하게 되면서 음악 관련 일을 꼭 해 보고 싶다는 결심을 했어요. 어떻게 보면 재즈가 제 인생의 방향을 완전히 바꿔 준 셈이죠.

어릴 때는 음악을 하거나 음악 업계에서 일할 마음만 있었고 음악 추천에 대해서는 크게 생각해 보지 않았어요. 오히려 관련 일을 시작하면서부터 음악 추천에 관심을 가지게 되었습니다. 제가 좋아하는 음악을 찾아서 다른 사람에게 공유한 뒤 함께 좋아하게 되는 과정이 정말 보람 있더라고요.

어떤 경험들이 창업을 결심하게 했나요?

음악 관련 학원도 다니고 음반 관련 아르바이트도 했지만, 본격적인 커리어는 인터파크에서 음반 MD 업무를 담당할 때부터 시작된 것 같아요. 모든 게 잘 갖춰진 회사에서 음악 홍보에만 집중하면 됐기 때문에 매우 감사한 경험으로 남아 있어요. 그때는 그 일이 제 삶의 전부라고 생각하면서 일에 완전히 몰입했던 시기였죠. 이후 개인적으로 부족하다고 느꼈던 부분을 채우고자 홍익대학원에서 문화예술경영을 공부했어요. 그때 '문화마케팅'을 접하면서 공연, 전시 프로젝트의 콘텐츠 디렉터 경험을 쌓았고 더 맞는 적성을 찾았다고 느꼈습니다. 본래 무대 디자인과 영상, 그리고 공연을 보는 것을 좋아했는데 일과 연결될 줄은 몰랐거든요. 음악 한 가지만 생각하고 있다가 환경의 변화가 오히려 새로운 눈을 뜨게 해 줬고 길을 열어 준 셈이죠.

삶이 신비로운 건 제가 원하던 방향으로만 흘러가지 않을 때, 오히려 생각하지 못했던 좋은 기회가 자연스럽게 찾아오고 다른 관점과 깨달음을 안겨 주기 때문인 것 같아요. 대학원 시절 학교 특성상 주로 미술 관련 수업을 많이 들었는데 원래 좋아하고 있었던 시각 예술에 대해 더욱 적극적인 태도를 가질 수 있었어요. 학교에서 만난 다양한 친구들이 창업을 준비하는 모습을 보면서 안정적인 직장 생활만 생각했던 예전에서 변화하는 계기가 되기도 했고요. 결국 제가 좋아하는 음악과 문화 콘텐츠, 그리고 시각 예술, 이 3가지를 아우르는 저만의 브랜드를 만들고 싶다는 생각이 오늘날의 딘포스트를 있게 한 것이죠.

딘포스트의 의미를 들여다보면 각자의 취향이 쌓일 수 있는 의미 있는 소비를 지향하는 것 같아요. 평소 (사람들의) 취향과 소비에 대해 바라보는 시각이 궁금합니다.

딘포스트의 DIN은 스웨덴어로 '당신의'라는 뜻이고, POST는 '기록하다'라는 의미가 있어요. 이곳에서 음악 및 다양한 상품을 구입하는 게 단순한 소비가 아니라 '나만의 취향을 기록한다, 쌓아 간다.'라는 의미를 부여해 주고 싶었어요.

저 역시 저만의 취향이 뚜렷한 편이지만, 딘포스트를 운영하면서 사람들의 취향이 상당히 광범위하고 세분되어 있음을 많이 느껴요. 구매해 주시는 분들 외에도 이 일을 하면서 만나게 되는 사람들의 취향과 감각에서 좋은 영향을 많이 받고 있거든요. 그래서 제가 무언가를 추천한다는 개념보다는 제 취향에 맞는 것들을 정교하게 골라서 전시할 때 사람들이 각자 취향에 맞는 것을 찾아가는 형식에 가깝다는 생각도 들어요.

현대카드 컬처 프로젝트, 우리은행 문화마케팅 등 음악 큐레이션 경력으로 알려져 있어요. 음악 큐레이션에서 예술과 문화를 큐레이션하는 방향으로 발전한 계기가 있을까요?

큐레이션 사업자 윤승화

처음 바이닐 레코드를 구입한 후 아트워크가 예뻐서 벽 선반에 배치했는데 마치 미술 작품을 갤러리에 전시하는 것 같다고 느껴졌어요. 제가 해 왔던 경험을 접목해 좀 더 확장된 방향으로 발전시키고 싶기도 했고 기존의 레코드 가게와는 차별점을 조금 가지고 싶었어요. 이미 잘하고 계시는 음반 전문점들이 많기도 했고요. 음악 그 자체도 예술이지만 바이닐 레코드가 음악적 소장 가치와 함께 하나의 일상 속 예술 작품처럼 느껴지도록 그 가치를 더 잘 표현하고 싶었어요.

아트포스터와 함께 레코드를 전시하니 (구매자 입장에서는) 좋아하는 아티스트의 앨범을 소유하기도 하지만 동시에 하나의 일상 속 예술 작품을 구매하는 효과도 있는 것이죠. 제가 소개하고 추천하는 방향성이 음악이란 카테고리에서 좀 더 넓어지면서 라이프스타일 전반으로 확장하게 되었습니다. 음악을 넘어 예술과 문화를 아우르는 큐레이션(Art & Culture Curation)을 지향하고 있어요.

일반적으로 작업 의뢰를 받을 때는 자신의 권한과 소신을 어느 정도 덜어 내고 클라이언트가 원하는 바와 조화를 이루기 위한 노력을 하기 마련이에요. 큐레이터 개개인의 감과 센스가 중요한 선곡의 경우, 이 절충점을 찾는 노하우가 궁금합니다.
협업할 때는 클라이언트 측에서 원하는 니즈는 포용하되 음악적인 부분은 최대한 제 소신껏 진행하려고 해요. 제 이름과 경력을 걸고 작업을 함께 진행하는 만큼 음악적 방향성은 꼭 어필하는 편이에요. 믿고 맡겨 주셨던 분들이 계셔서 가능했던 일이기도 하죠.

현대카드 슈퍼콘서트와 컬처 프로젝트(CULTURE PROJECT) 작업이 기억에 남는데요. 원래는 현대카드에서 주최하는 공연의 아티스트 콘텐츠만 다루는 채널이었어요. 기존 계획에 없었던 국내외 인디 음악 전문 리뷰 코너를 만들고 공을 들이면서 단순히 기업 홍보의 차원을 넘어 (현대카드가) 보다 전문적인 음악 콘텐츠 플랫폼처럼 인식되기를 바라는 마음으로 작업을 했어요. 그 안에는 음악에 대한 사랑 때문에 그 채널을 통해서 다양하고 풍성하게 음악을 소개하고 싶다는 생각도 있었죠.

우리은행 문화마케팅 프로젝트도 비슷한 맥락으로 성실히 임했던 것 같아요. 총 200여 장의 바이닐 레코드 청음과 함께 기업 이미지와 방향에 맞는 5개의 테마를 정하고 그에 맞는 음악을 큐레이션 하는 미션이었어요. 단순히 음악을 고르는 것 외에도 선정한 것이 시각적으로 어떻게 보일지 세심하게 검토하면서 최종 결과물의 퀄리티를 높이려고 애쓴 점을 높이 봐 주셨던 것 같아요. 물론 작업하면서 의견을 어느 정도 절충해야 하는 측면도 있지만, 제가 선정하는 음악이 브랜드의 호감도와 가치 상승에 도움이 되고, 또한 기업의 문화마케팅을 통해 음악 홍보에도 어떻게 도움이 될 수 있는지에 대한 의견을 많이 가지고 있었기 때문에 서로 만족스럽게 소통하면서 일을 진행할 수 있었죠.

문화와 라이프스타일은 상당히 방대한 키워드예요. 추상적인 단어에서 시작해 구체적인 카테고리와 세부 메뉴로 큐레이팅 대상을 좁힌 기획 과정이 궁금합니다.

아티스트가 느낀 것, 전달하고 싶은 것을 표현하고 공유할 때 시각적으로 구체화하지 않고 사운드로 표현함으로써 경험하는 사람이 소리를 통해 상상하고 심상을 떠올릴 수 있는 음악이 있고, 이미지의 형태로 구체화하여 감흥을 선사하는 아트워크 같은 시각예술이 있죠. 무형의 형태인 음악과 시각적 감흥이 중요한 아트포스터를 두 개의 메인 카테고리로 잡고 음악과 미술이 접목된 큐레이션을 키워 가고 있어요.

그 외 음악 관련 매거진, 책, 소규모의 리빙 소품들도 함께 진행하고 있는데요. 주로 제 라이프스타일 속에서 관심이 가는 포인트를 중점으로 고르는 편이에요. 범위는 좁아지지만, 좀 더 고르는 대상 하나하나에 집중할 수 있다는 장점이 있어요.

(홈페이지 내) CULTURE 섹션의 주요 항목이 음악이라는 점이 흥미롭습니다. 딘포스트 안에서 음악은 어떤 의미와 비중일까요?

당연히 중심일 수밖에 없는 부분이에요. 음악과 관련된 일은 늘 새롭고 가장 즐겁게 할 수 있는 일이거든요. 제가 제일 애착을 가지고 있는 동시에 늘 일의 지속성을 고민하는 분야이기도 해요. 현재 들여오는 다양한 상품들은 기본적으로 제 취향 안에서 선택되지만, 그 기저에는 언제나 음악이 자리하고 있습니다.

딘포스트의 음악 큐레이션은 플레이리스트보다는 레코드 가게 사장님의 추천과 비슷한 감성이에요. 수많은 장르와 분위기 중 현재의 진열 구성과 아티스트를 고르는 작업 과정이 궁금합니다.
제가 고르는 음악 자체는 레코드샵이나 대형 쇼핑몰 내 음반 전문점에서도 찾을 수 있어요. 하지만 저의 큐레이션 포인트는 앞서 말씀드린 것처럼 시각과 청각의 조화에 있어요. 멋진 앨범 아트워크에는 멋진 음악이 함께한다고 믿거든요. 모든 감각은 연결되기 때문에 뛰어난 음악적 감각은 곧 뛰어난 미적 감각으로 발현된다고 생각해요. 그 부분을 중심으로 아티스트와 앨범을 선정하고 있습니다.

또한 음악 외에도 라이프스타일, 패션 카테고리에서 다양한 상품을 추천하고 판매하고 있어요. 음악 선곡과 어떤 부분이 다른지 궁금합니다.
라이프스타일과 패션의 경우 디자인을 먼저 보면서 기업의 사회적 가치도 함께 살펴보는 편입니다. 아무래도 음악이 메인인 만큼 리빙이나 패션 카테고리를 다른 라이프스타일 전문점처럼 활발히 진행하지는 않고 있어요. 라이프스타일보다는 아트 앤 컬처(Art & Culture)로 포지셔닝하는 이유이기도 하고요. 음악과 마찬가지로 다른 제품군도 자기만의 색이 잘 표현된 감각적인 제품을 선호하고 있습니다.

상품을 판매하면서 그리는 소비자와 공간의 모습이 있다면 어떤 것일까요?

저는 딘포스트가 하나의 아트 갤러리 같은 공간이 되었으면 좋겠다고 생각합니다. 웹사이트의 전반적인 구성이나 상품 디스플레이를 기획/운영할 때도 그런 상상을 많이 하고 있고요. 이곳을 찾는 모든 분이 서로의 공간을 존중하면서 깊이 있게 영감을 주고받을 수 있는 공간이 되기를 희망합니다.

평소 매장을 다닐 때 중요하게 보는 부분이 있다면 어떤 것일까요?

매장을 둘러볼 때 느껴지는 첫인상으로는 인테리어나 그 외 디자인적 요소들이 제일 먼저 눈에 들어오는 것 같아요. 이후에는 해당 공간이 편안함을 주는지, 고객을 어떤 부분에서 배려하는지 등을 유심히 보고요. 결국 온라인도 오프라인 공간도 만든 사람의 아이덴티티가 곳곳에서 묻어나는 만큼 그런 부분을 섬세하게 관찰하려고 합니다. 저도 창업을 하면서 온라인이지만 공간 운영의 어려움을 실감하는 만큼 자신만의 공간을 운영하는 모든 분에게서 대단함을 느끼고 있어요.

딘포스트를 운영하면서 기억에 남는 피드백이나 에피소드가 있다면?

제가 애정을 가지고 임하는 분야라 그런지 음악을 구매하기 위해 찾아오시는 분들이 끈끈한 가족처럼 느껴져요. 대부분 순수함을 잃지 않고 살아가고 있다는 느낌을 받았는데 이 또한 음악의 힘이라고 생각합니다. 앨범 한 장을 전달해 드렸을 뿐인데 세상을 다 가진 것처럼 기뻐하며 저에게 감사 인사를 하는 분들이 계시기도 하고, 자주 이용하시는 분 중에서는 '정말 좋은 큐레이션'이라며 칭찬해 주는 분도 계세요. 그럴 때마다 매우 큰 보람을 느낍니다. 다른 직군에서 일했다면 이런 감정을 느낄 수 있었을까 싶어요. 저희 스토어를 이용해 주시는 한 분 한 분의 애정 어린 응원의 말씀이 정말 큰 힘이 된다고 말하고 싶어요.

큐레이션 사업자로서 겪는 어려움과 고민은 무엇이 있을까요?

큐레이션 사업자라기보다 일반적인 사업자로서 어려움은 여러 군데에서 느끼죠. 가장 아쉬운 점이라면 규모나 여건상 모든 상품을 취급할 수 없어 소중한 고객의 니즈를 가끔 못 맞춰드리게 될 때를 들 수 있어요. 어려운 점은 어디든 느낄 수 있는 일이라고 생각해요. 다만 그 어려움을 넘어설 수 있는 가치가 있는지가 중요한 것 같아요. 저는 좋아하는 것을 섬세하게 고르고 표현하고 전달하는 행위로서의 큐레이션을 매우 즐겁게 하고 있어요.

지난 2~3년간 수많은 플레이리스트와 각종 큐레이션 콘텐츠가 생겨났어요. 누군가는 '모두가 큐레이터인 시대'라고도 말하기도 해요. 이에 대한 생각이 궁금합니다.

제가 창업을 구상하던 시기만 해도 큐레이션은 미술관이나 박물관에서 자주 쓰였던 용어였어요. 불과 몇 년 사이에 1인 큐레이터들이 많이 늘어나고 곳곳에 플레이리스트와 각종 콘텐츠 큐레이션이 가득한 시대가 되었죠. 다양한 사람들의 콘텐츠와 취향을 손쉽게 누릴 수 있지만 동시에 정말 자신에게 잘 맞는 추천을 찾기는 더욱 어려워졌어요.

'모두가 큐레이터인 시대'가 나쁘다고 생각하진 않아요. 어쨌든 남을 따라 하기보다 자신의 개성을 향유하고 공유하기를 즐기는 문화인 거잖아요? 하지만 가볍고 자극적인 콘텐츠가 넘쳐나는 만큼 가치 있는 큐레이션을 알아볼 수 있는 개개인의 안목과 이에 부합하는 각 큐레이션의 퀄리티 향상이 더 중요한 시대라고 생각합니다.

사실 대부분은 자신이 접하는 콘텐츠가 (누군가의) 추천을 기반으로 선택된 것임을 인지하지 못하고 스쳐 지나가는 경우가 많아요. 이런 상황에서 소비자가 인지할 수 있는 퀄리티 있는 큐레이션이란 무엇일까요?

사실 고르는 일을 하다 보면 어느 정도 다수의 입맛에 맞을 법한, 누구나 좋아할 것이라 예상되는 선택들이 있어요. 이 안전한 방식을 따르기보다는 자신만의 개성과 철학을 바탕으로 사용자에게 새로운 취향의 세계를 열어 줄 수 있는 사람이 결국엔 가장 매력적인 큐레이터로 자리 잡을 거로 생각해요. 처음에는 그 큐레이션에 공감하는 사람이 다소 적더라도 말이죠.

취향이란 변하기도 하지만, 대부분은 각자의 중심에 확고하게 잡힌 '절대 변하지 않는' 취향이 있거든요. 타인의 이토록 견고한 취향의 벽을 넘어 자신의 세계를 넓힐 만한 영향을 줄 수 있는 큐레이션 능력이라면 결국엔 빛을 발할 것으로 생각합니다.

평소 영감을 얻는 원천이나 즐겨 보는 콘텐츠가 궁금합니다.

제 영감의 주 원천은 사운드라고 할 수 있어요. 음악을 좋아하게 된 계기도 소리가 마음을 흔들면서 강렬한 영향을 주는 경험에서 비롯되었거든요. 물론 글과 사진, 그림에도 많은 매력을 느끼지만, 무형의 것을 통해 제가 상상할 수 있는 것에서 가장 많은 아이디어를 얻곤 해요.

또한 사람으로부터 영향을 많이 받습니다. "자주 듣는 음악은 그 사람의 결을 만들고, 그 사람을 조각한다."는 내용의 글을 쓴 적이 있는데요. 저라는 사람의 가치관과 스타일이 형성될 수 있게 많은 영향을 준 모든 작품의 주체로부터 강한 영감을 받고 있다고 말하고 싶습니다.

지금의 커리어를 걷기까지 가장 큰 영향을 준 사람들은?

돌이켜 보면 저는 많은 분의 도움을 받았어요. 제가 하고 싶은 걸 구체적으로 파악하지 못했던 시절에 (이분들 덕에) 제 안의 열망을 찾아내고 펼칠 수 있었거든요. 저도 누군가에게 그런 영향을 주는 사람이 되고 싶은데, 아직은 영향을 받은 분들이 훨씬 많네요. 그저 감사할 따름입니다.

큐레이션 1인 사업자로서 앞으로의 계획이 궁금합니다.

환경과 상황을 떠나 제가 진정으로 원하는 방향성과 가치를 유지한 상태로 딘포스트만의 색을 더 깊이 있게 가져가려고 합니다. 그런 저의 노력이 누군가의 삶에 행복과 즐거움이 될 수 있었으면 좋겠습니다.

흔히 내가 좋아하는 일이 직업이 된다고 하면 후회할 일들이 생긴다고 해요. 이 일을 하면서 음악에 대한 마음이 어떤가요?

저는 음악 관련 일에 있어서는 단 한 번도 후회한 적이 없는 것 같아요. 물론 창업을 한 이후로는 안정된 조직에서 일할 때보다 힘든 점은 있지만 그만큼 저 자신을 더 드러내고 표현할 수 있게 해 주는 기회들을 만나기도 하거든요. 애써 홍보하지 않아도 딘포스트를 찾아 주는 다양한 분들 덕에 많은 에너지를 얻고 있습니다. 음악 일을 커리어로 삼을 수 있었던 건 큰 행운이었다고 생각해요. 지금까지도 지속할 수 있다는 사실에 매우 감사하는 마음입니다. 앞으로도 아티스트와 음악을 사랑하는 분들, 그리고 업계 분들에게 딘포스트를 통해 도움이 되는 사람이 되고 싶습니다.

고르고 권하는
일을 합니다

에필로그

　"음악 큐레이터는 정확히 무슨 일을 하나요?" 이 일을 처음 시작했을 때부터 지금까지 종종 받는 질문입니다. 어떻게 보면 이 책이 세상에 나올 수 있었던 가장 중요한 계기라고도 생각합니다. 막연히 선곡한다는 점 외에는 저 역시 아는 것이 별로 없었기 때문에 다른 사람들을 만나 볼 결심을 했으니까요.

　그래서 일단은 무작정 찾아갔습니다. 플레이리스트 유튜버, DJ, 음악 에디터, 작가, 공간 음악 컨설턴트 등 각자의 방식으로 세심하게 고르고 추천하는 전문가들을 만날 수 있었습니다. 바쁜 일정 와중에도 시간을 내어 작업 방식과 가치관을 아낌없이 공유해 준 모든 인터뷰이들에게 이 지면을 빌어 감사의 말을 전하고 싶습니다.

　책을 마무리하는 지금도 제 하루는 크게 다르지 않습니다. 매일 새로운 음악과 영상을 접하면서 플레이리스트와 캠페인을 기획하고 사용자 반응을 분석합니다. 그렇지만 이 업무가 큐레이터로서의 저를 온전히 설명하지는 않습니다. 본업 외에도 저는 스포츠와 음악을 결합하는 프로젝트에 참여하기도 했고, 아티스트 인터뷰를 진행하기도 합니다. 제가 좋아하는 것을 더 많은 사람이 알았으면 좋겠다는 마음에 시작했던 일들입니다.

그리고 보면 이 책에 참여해 주신 큐레이터들의 공통점이 있습니다. 하는 일과 취향은 전혀 다르지만, 좋아하는 것을 어떤 방식으로 사람들에게 추천할지 늘 고민한다는 점입니다. 플레이리스트, 라디오, 책 등 미디어에 상관없이 화자의 목소리와 취향이 매력 있게 전달되고 좋은 반응을 얻는 것을 보면서 많은 배움을 얻은 시간이었습니다.

최근 추천 콘텐츠의 반응이 예년만 못하다는 우려를 접합니다. 이를 기반으로 한 구독 서비스의 해지가 늘어나고 있다는 뉴스 역시 의미심장합니다. 어쩌면 우리가 매일 소비하는 음악에 대한 색다른 경험을 어느 때보다도 원하는 신호가 아닐지 생각해 봅니다. 이 책을 통해 소개한 열한 명의 큐레이터들의 이야기가 그 시작이 되었으면 좋겠습니다.

2023년 8월 작업실에서

안승배

고르고 권하는
일을 합니다

ⓒ 안승배, 2023

초판 1쇄 발행 2023년 10월 5일

지은이   안승배
감수   김재훈 · 조선주
펴낸이   이기봉
편집   좋은땅 편집팀
펴낸곳   도서출판 좋은땅
주소   서울특별시 마포구 양화로12길 26 지월드빌딩 (서교동 395-7)
전화   02)374-8616~7
팩스   02)374-8614
이메일   gworldbook@naver.com
홈페이지   www.g-world.co.kr

ISBN   979-11-388-2337-1 (03810)